Lena Andersson

Du är alltså svensk?

En triptyk

Natur & Kultur

AV LENA ANDERSSON HAR TIDIGARE UTGIVITS:

Var det bra så? (1999)
Duck City (2006)
Slutspelat (2009)
Förnuft och Högmod (2011)
Egenmäktigt förfarande (2013)
Utan personligt ansvar (2014)
Allvarligt talat (2015)

Du är alltså svensk? är ett skönlitterärt verk.
Alla likheter med nu levande personer är tillfälliga.

FSC www.fsc.org MIX Papper från ansvarsfulla källor FSC® C104608

Förlaget Natur & Kultur är en stiftelse som utan ägare kan agera självständigt och långsiktigt. Vårt mål är att genom stöd, inspiration, utbildning och bildning verka för tolerans, humanism och demokrati.

info@nok.se
www.nok.se

Bokförlaget Natur och Kultur, 2004
Omslag: Sara R. Acedo
Illustration: Stina Wirsén
Första pocketutgåvan, första tryckningen
Tryckt i Danmark 2016
ISBN 978-91-27-14763-8

Förord

Frågan i Lena Anderssons romantitel kan först framstå som oskyldig och trevande. *Du är alltså svensk?* I själva verket är den kaxig. Det lilla ordet *alltså* rymmer en ocean av ifrågasättande.

Titeln är lysande i sin direkthet. Igenkänningen är stor både bland dem som ställt frågan till andra och bland dem som behövt besvara den gång på gång. Den får mig att minnas tvivlet i mångas ögon när jag har sagt det självklara: att jag är svensk. Som om de velat att jag ska presentera en stamtavla som visar vad jag egentligen är – och helst ska det vara något som stämmer överens med deras egna spekulationer om mitt ursprung.

Just detta, konstruktionen av främlingen, är kärnan i Lena Anderssons roman *Du är alltså svensk?*. Det är en skarp skildring av oförmågan – eller oviljan – att se andra människor som individer. Huvudpersonen Fatima tvingas ständigt hantera andra människors bisarra fantasier om henne. De klarar inte av sin egen osäkerhet utan skyfflar över den på henne. Som när en politiker frågar henne: ”Varför är du inte arab?”. Hon svarar: ”Jag är född sån, oarabisk.” Genom hela berättelsen slås vi av

Fatimas oändliga tålamod och hennes svar som är ömsom lakoniska, ömsom ironiska. Den är en guldgruva för läsare som identifierar sig med Fatimas situation. Här finns sylvassa repliker som kan stjälas rakt av.

Lena Andersson har skapat en satirisk dystopi där vår samtid reflekteras i en skrattspegel. Det är ett ängsligt samhälle där rädslan för konflikter leder till desperata och ytliga lösningar. Det stiftas språklagar om att tyskar ska kallas deutschare eftersom ordet tysk kan associeras med nazismen. Och så har det lanserats ett projekt, "Nya blodgiven", där invandrares mångfaldskvot ska räknas fram med hjälp av en vetenskaplig formel.

Fatima får träffa en blond rekryterare som med en sektmedlems passion förklarar hur "Nya blodgiven" ska förbättra arbetsplatsers färgskalor. Särskilda tabeller har tagits fram där man mäter människors annorlundaskap. Att anställa en sikh innebär till exempel jackpot eftersom man då har uppfyllt mångfaldskriteriet. En sikh motsvarar nämligen "två turkar, tre jugoslaver och greker, fem fransmän, åtta tyskar, nio finnar, tio amerikaner och engelsmän, tretton danskar och fjorton norrmän."

När Fatimas mångfaldskvot ska fastställas gör hon motstånd. Hon vägrar gå med på att sammanfattas i ett cirkeldiagram. Men rekryteraren vill inte lyssna – hon måste hitta rätt invandrarfack. Hon vill inte heller korrigera sina fördomar om Fatima utan proklamerar: "Du är arab. Araber hatar judar." Att Fatima i själva verket är berber och ateist spelar ingen roll. Har man väl placerats i ett fack är man fast.

Efter att ha introducerats till "Nya blodgiven" fortsätter Fatimas resa i Underlandet. En bil stannar plötsligt på gatan och hon uppmanas att stiga in. Hon körs till regeringskansliet och utses till informell rådgivare åt statsministern. Hon får följa med honom överallt – till sängkammaren, slottet och på presidentbesöket i Vita huset. Överallt råder samma förvirring och Fatima förväntas leverera kloka svar på hur de annorlunda ska integreras.

Det finns något njutningsfullt över Lena Anderssons dissekering av de självgoda pösmunkarna – de vita riddarna som vill rädda sina stackars mörka styvsyskon. Det måste ha varit lika roligt att skriva som det är underhållande att läsa. Man skulle kunna invända att romanens mångfaldsivrare innerst inne vill gott – de vill ju inte utvisa Fatima utan (motvilligt) inkludera henne i det fina Sverige. Men Lena Andersson visar hur naiva, fluffiga omtankar kan leda till en katastrofal människosyn där individer reduceras till att bli representanter för sin hudfärg och kultur. Främlingen förvandlas till en vandrande stereotyp. Inte ens statsministern – som Fatima inleder en relation med – är intresserad av vem hon är. Han uppmanar henne i stället att lägga sig i solariet så att det syns tydligare att hon är en oriental.

Du är alltså svensk? visar på famlandet efter nationalstatens fall. Rasbegreppet har slängts på historiens soptipp men ersatts av en besatthet av kultur. Både vänster- och högerfalangen har haft svårt att navigera rätt. Om man drar det till sin spets: synen på invandrare som fridlysta offer mot åsikten att invandrare ska tuktas tills de blir tacksamma och lagom svennifierade.

Romanen innehåller även stick mot postkoloniala teorier som lägger för stor tonvikt vid etnicitet. Det sägs i boken, kanske ironiskt, att "Nya blodgiven" bygger på idéer från tänkare som Spivak och Bhabha. Samtidigt finns det många postkoloniala tänkare som har kritiserat idéer om mångkulturalism eftersom de sorterar människor efter ursprung och därmed exotiseras.

Debatten om etnicitets- och kulturfrågor var livlig 2004 när *Du är alltså svensk?* gavs ut. Men frågan är om inte romanens tema är mer aktuellt och brännande idag. 2010 tågade Sverigedemokraterna in i riksdagen och råa, rasistiska åsikter började höras allt oftare i offentligheten. En sommarnatt 2010 uttrycktes de famösa orden av en SD-politiker: "Nej, det är inte ditt land, det är mitt land." Budskapet var riktat till komikern Soran Ismail som inte ansågs ha rätt att kalla sig svensk. Det påminner om den blonda rekryteraren som säger till Fatima att den som inte varit barn i Sverige aldrig kan bli ett med det här landet.

Plötsligt framstår dystopin i "Du är alltså svensk?" inte längre som en förvrängd bild av vår tid, utan som en möjlig framtid. Det som var oacceptabelt att säga högt för tio år sedan har de facto blivit en del av det politiska samtalet.

De senaste årens debatt om främlingsfientlighet har resulterat i en rigid uppdelning mellan goda och onda. Som om rasismen i landet uppstod i och med SD:s framgångar. Även där är Lena Anderssons roman högaktuell med karaktärer som tror sig arbeta för ett mer inkluderande samhälle men i själva verket cementerar skillnaden mellan folk och folk.

Det tydligaste exemplet är berättelsens statsminister som betraktar kärleksrelationen med Fatima som ett integrationsprojekt. Han blir närmast hög på sin egen godhet.

Den berusande makten är ett centralt tema, suveränt beskrivet i statsministerns banala stolthet över att ha läst ”fyra sidor av det mesta i världslitteraturen”.

Han påminner starkt om Hugo Rask i *Egenmäktigt förfarande.* Han brukar Fatima tills han tröttnar. Och liksom Ester Nilsson blir Fatima hopplöst kär och blundar för de illavarslande tecknen. ”Kärleken är dum och trög”, tänker hon.

Själv är hon motsatsen till det. Hon stretar på. En abnormitet som kämpar för att få vara den hon är. Oarabisk. En berber som misstas för serb. Fatima: För Sverige – i tiden.

Rakel Chukri
kulturchef Sydsvenskan och HD

del ett
rekrytering

Det är en morgon i juli. De äter frukost och hennes man läser högt ur tidningen:

– »I dag träder dessa nya humana språklagar i kraft. Man ska till exempel kalla tyskar för deutschare i stället för tysk. Sju av hundra associerar tysk med nazist, vilket nutida tyskar inte ska behöva utstå. Böjningen ska vara en deutschare, flera deutschare. Kvinnlig deutschare ska heta deutscherin men här kan lokala språkregler få styra varför man även kan kalla henne deutschinna. Adjektivet ska vara deutschisk. Det har med respekten för allas stolthet att göra, uppger den företrädare för renhållningsverket som utarbetat riktlinjerna. Som alla folkslag är tyskarna en spillra; nästan alla människor på jorden är icke-tyskar. Se tabellen nedan för en fullständig lista land för land».

Han sänker tidningen med ett skeptiskt ansiktsuttryck. När han ser skeptisk ut blir hennes ömhet levande igen.

– Så adjektivet ska vara deutschisk, säger hon i stället för att röra vid honom.

– Adjektiv är dem man kan ta på? frågar han.

– Nej, det är substantiv.

– Är solen substantiv? Man kan inte ta på solen.

– Om den inte vore så varm.

– Då vore den inte solen, säger han.

Hon läser sportsidorna. Där har förändringen smärtfritt införlivats, det står att deutscharen vann etappen till Alpe d'Huez i går. Deutscharen är den hon gillar bäst i Tour de France-klungan. Hon hoppas att han vinner, han är så mycket mänskligare än den maskinmässige amerikanen. Deutscharen gjorde ett av sina bästa lopp på många år, står det. Hon såg det själv i direktsändning. Han var outtröttlig i serpentinerna, satt hela vägen upp utan att resa sig i sadeln. Men kanske är han dopad, tänker hon. Kanske är vi alla dopade. Hennes man har bläddrat vidare till väderprognosen och skriver in en siffra i sin anteckningsbok.

– Solen gick upp en minut senare i dag, säger han.

Hon har aldrig träffat en människa som är så intresserad av väder som han. I början tyckte hon det var charmerande. Om han inte varit så lat och passiv borde han ha blivit meteorolog. Tidigare brukade hon föreslå honom att studera till meteorolog när han ändå var arbetslös men varje gång avfärdade han henne hånfullt.

– För att man tycker om smaken av jordgubbar behöver man inte starta jordgubbsodling, fnös han.

Hon förstod aldrig riktigt analogin. Numera föreslår hon honom ingenting.

Hon diskar frukostporslinet. Han torkar. Utanför fönstret har de ett duvnäste. Hon ser en duva med klumpfot, tjock och nedstämd. Duvorna äter och sväller här utanför deras fönster och hon tycker om att se hur de ryker ihop om en klump bröd.

Han lägger händerna på hennes axlar. Hon slutar diska och går närmare, stryker honom över ryggen. Då tar han bort sina händer och backar med det där flinet hon inte tål och börjar vissla med överdriven sorglöshet. Visslandet betyder att allt är förutsägbart, löjligt, futtigt, mänskligt, även begäret, mest av allt begäret och han har sett igenom allt. Han tror att det är ett mått på intelligens att stå emot drifterna och inte ha några behov. Att han gör så är hennes största ledsamhet. Hon vill delta i det förutsägbara och löjliga, det futtigt mänskliga. Hon vill att de skänker varandra ömhet, men han skäms över att vara människa.

Alltid när något håller på att bli vackert går han och sätter på tv:n. Även när något inte är vackert sätter han på tv:n. Han gör det nu och påven är i rutan. Påven är i Kabul i affärer, kanske vapenaffärer. Hon ser en fläck på ärmen av hans kåpa. Hon tänker att den kan ha doppats i en consommé. Fläcken ser ut som en fågel, bara den inte flyger iväg, tänker hon. Påvens ärmar är så vida och vita, det är svårt när man reser mycket. Smutsen diskriminerar inte, den sätter sig på påvliga ärmar och på hennes bluskrage. Han är nere på knä nu, vad är det han gör? Han ber afghanerna om ursäkt för att de placerats så långt från världens centrum. Han ber alltihop om ursäkt, bergen och marken och afghanerna. Han ber om ursäkt för synden och lusten.

Plötsligt hoppar en kardinal fram och ber dessutom förintelsen om ursäkt för att den fick judarna på halsen. Ska man ta kål på folk ska man välja dem som inte kan läsa och skriva och tala så att man inte sedan behöver äta upp det för all framtid, förklarar han.

Man har funnit grisceller mot påvens sjukdom. Dem stoppar man i hjärnan, sedan slutar vederbörande att skaka. Men påven får förstås inte sätta in grisceller i sig, tänker hon. Fast när Gud tappar vaksamheten passar han säkert på. Ett snitt över hjässan av de skickligaste ateistiska läkarna eftersom påven aldrig skulle överlåta sitt huvud åt någon som tror på evigt liv. Sedan kan han äta soppa igen.

Det var på radio hon hörde om grisen och alla dess nyupptäckta reservdelar. Programledaren frågade panelen om det inte skulle kännas konstigt att på julafton med de egna grisögonen titta in i grishuvudets ögon. Panelen svarade att det är priset man får betala för framsteget.

Det är det här hon tycker om med Sverige, här måste man be om ursäkt för vidskepelse. Men en röst sa att om det nu kändes så fel fick man väl ta bort grishuvudet från bordet; det borde ändå inte stå där med tanke på att det kränkte de medborgare som inte dödar gris av religiösa skäl.

Det är det här hon inte tycker om med Sverige, snart behöver man inte be om ursäkt för vidskepelse.

Hon förstår inte hur hon kunde köpa en grön blus men det får bli den nu när den vita är solkig i kragen. De kommer att tro att hon är friluftsmänniska. Hon ska ju ge ett gott intryck i dag och visa vem hon är. Det är därför hon putsar skorna. Hon lägger ut papper för att skydda golvet, det är en tidningsbilaga om det kommande moskébygget i centrum där garaget har stått. Fem opinionsinstitut har ringt och frågat vad de tycker om det nya bygget och särskilt dess minaret. Hon tycker inte om bygget men kommer att ljuga för att inte hamna i fel stapel. Man måste svara fel för att svara rätt, annars hamnar man i staplar tillsammans med dem man inte vill vara i stapel med. I samma stapel som dem som önskar sig domkyrkor men inga moskéer, med bilister som önskar sig allt fler parkeringsplatser på jorden, med dem som vill ha führerpalats i stället för moské, med dem som vill jämna moskéer med marken och resa tusen synagogor. Samman med dem som vill ha det rent och städat i ådrorna hamnar man för frågorna måste ställas så att svaren kan stoppas in i en stapel och ett tårtdiagram. Det finns ingen plats för *övriga anteckningar* på deras blanketter, det finns inget *använd gärna baksidan,* vad som finns är *lämna inga anteckningar i detta fält avläses maskinellt.*

Hennes man säger att hon borde ansöka om regeringens anpasslighetsmedalj. Och att hon skulle se till att trivas även i ett koncentrationsläger; hon skulle hitta ett intresse och gå in helhjärtat för det – vakternas rakvatten eller hållfastheten i britsar under magrande människor – för att slippa se. Hon blir förbluffad över att just han säger detta eftersom hon tänkt precis detsamma om honom.

– Jag tar alltid parti för den svage, svarar hon. Såvida den svage inte är ond.

– Det är svagheten som är godheten. Och styrkan som är ondskan.

– Det där är feltänkt, säger hon. Det finns principer också, inte bara överläge och underläge.

– Bli som han som satt dig i bojor så slipper du bojorna?

– Ja, en del dåliga ting borde fjättras och förtvina, säger hon.

– Och du vet förstås vad som är dåligt?

– Du också verkar det som. Men jag dör hellre än tar en annans bröd.

– Om brödet är mögligt ja, säger han.

– Det är ju du som vägrar äta en dag gammalt bröd.

– Det ska ingen behöva göra i ett rikt land som Sverige. Och vi har duvorna att ge det gamla brödet till. De märker ingen skillnad, men det gör jag.

– De vågar bara inte fråga efter färskt, säger hon.

När hon minns allt hon delar med honom går det upp för henne att människan är ensam. Hon ligger varje kväll i badkaret och väntar på honom med brösten som två sorgsna öar i vattnet. Men han kommer inte.

Han har inte tid, han ser på Rapport. Han ser på Rapport med sådan frenesi. Särskilt när de är i samma rum saknar hon honom.

Hans händer är döda fiskar över hennes hud. Men det är inget problem eftersom han ändå måste sova; måste vända ryggen till och sova för att kunna gå upp tidigt och se vad det blir för väder till helgen. På helgen gör de ingenting. De går omkring i helgvädret.

När han inte ser på tv sitter han i sin tv-fåtölj och planerar. Han planerar mycket. Han planerar metoder att utplåna världsfattigdomen. Snart ska den strykas ur ordlistan, säger han, vilket han tror är detsamma som att ha utplånat den. Begreppen bär han omkring på som hopfällbara ting. Får han en idé är han lycklig i timmar som om idén vore utförd. Inget blir utfört.

De träffades på svenskakursen. På rasterna satt han kvar i klassrummet och studerade kartboken. Hon tyckte om att han verkade så allvarlig och ambitiös. Hon satte sig intill honom och pekade ut Viskan, Ätran, Nissan och Lagan såsom hon planerat kvällen före. Under de senaste veckorna hade hon hunnit lära sig flodernas längd, sjöarnas storlek och bergens höjd. Hon flyttade till platsen bredvid honom som hittills stått tom. Tillsammans tittade de på Göta Älvs utlopp. Timmen därpå lärde de sig fylla i förtryckta blanketter.

– Det här är ett fantastiskt land, sa hon. Här är blanketterna förtryckta, inte människorna.

– Det vet vi inte än, sa han.

Hon kunde inte hejda sig från att lägga sin hand på hans.

När hon går över torget känner hon lukten av sopor. Det är ovanligt, måste bero på att det varit varmt så länge för sophämtningen fungerar mycket bra. Nästan allt fungerar bra i det här landet, det är hennes erfarenhet. Utanför tobaksaffären nosar en hund på en ensam sko. Det är en sådan sort som har nitbälte och sliter människor i stycken om den vill. Hon är rädd för hundar som sliter människor i stycken. Det sägs att det inte är hundarna hon ska vara rädd för utan ägarna. Det är dock hundarna som dödar henne. Även människor kan snedtända, säger deras intresseorganisation. Resonemanget förutsätter att hundar är lika viktiga som människor. Det kan hon inte se. Hon kan därmed sätta sig in i folkmordets logik. Hon behöver bara tänka på hur oviktigt hundens liv är jämfört med hennes. Hunden tycker antagligen likadant, annars skulle den inte attackera. Med fuktiga ögon följer den hennes steg. Den är kopplad i ett grässtrå för att inte slita sig. Hon ler mot den. Den ler tillbaka.

Tobaksaffären är gul och har en glad liten innehavare. Männen som sitter där och plockar med travblanketterna är också gula. Gult är det stillaståendes färg, det unknas, det efterlämnades – fröna på den grumliga näckrossjön. Hon köper sitt gula paket. Innehavaren är gladare än nånsin. Hans ansikte skiner, blänker och spänns.

När hon kommer ut ur butiken morrar hunden. Hon darrar och fäller upp kragen för att verka oberörd. Hundar luktar sig till rädsla, har hon läst. Det är det som är så osympatiskt, att de utnyttjar sitt överläge.

Fatima åker dit hon ska. Hon får vänta länge i ett kvavt väntrum. Hon känner sig orolig och undrar om de glömt henne när namn efter namn ropas upp men inte hennes. Rummet är vitt och kvadratiskt. Fönsterhandtagen är bortskruvade. Hon undviker att luta sig mot soffan för att inte blusen ska bli blöt på ryggen. På fönsterbrädena ligger insekter i döda drivor, de har fallit offer för denna heta sommar och detta kvava ämbetsverk, men en gång levde de till ingen särskild nytta. Bilderna på väggarna levde dock aldrig. De föreställer blommor.

Till slut blir hon hämtad. De går längs en korridor. Hon säger till den som ledsagar henne att de borde laga ventilationen i väntrummet, där måste vara minst trettio grader. Kvinnan svarar att nu lämnar hon ju ändå det utrymmet. Hon ombedes uppge sitt personnummer. Hon förs in i ännu ett rum där hon på nytt får sitta länge i den anvisade stolen innan något händer. I rummet finns en person vid fönstret. Hon är blond och ser frisk ut med stora vita tänder. Var hittar de alla dessa friska blonda med stora vita tänder? undrar Fatima medan hon väntar i rummets tunga tystnad.

Den blonda tittar ut genom fönstret men inte som om hon väntade sig att få syn på något där ute. Minuterna går.

– Har du ont i ryggen? säger sedan den blonda och vänder sig om med en skrämmande intensitet.

– Nej. Inte ont.

– Du gjorde en rörelse som om du hade ont. Men det kanske bara var gymnastik.

Hon går och sätter sig mittemot Fatima. På skrivbordet mellan dem ligger fyra pennor och en bunt papper.

– Är allt bra med dig?

– Med mig?

– Det är bara du här.

– Ja, det är bra.

– Bortsett från att du inte har något arbete.

– Ja.

– För det tycker du väl inte är bra?

– Nej.

– Inte bra?

– Man vänjer sig.

– Det är det som är felet, att ni vänjer er.

Rekryteraren ser noga efter hur hennes ord tas emot.

– Man vänjer sig aldrig, säger Fatima. Det känns mycket dåligt att inte arbeta.

– Hur länge har du varit arbetslös?

– I flera år.

– Helst ska man inte berätta sådant. Vid tre månader går en gräns. Efter den antas det vara något fel på en.

– Av vem antas det?

– Jag vet inte. Av tidsandan. Det är inte människorna som sitter och antar sådant utan tidsandan. Vill du ha en kaka?

– Ja tack.

Rekryteraren plockar med pennorna. Det kommer ingen kaka.

Fatima tänker att hon ska försöka hålla sig riktigt skärpt dessa viktiga timmar så att hon svarar rätt på alla frågor. Ska koncentrera sig till det yttersta för att höra vilket svar som är det rätta.

– Hur kom du till Sverige? I båt?

– Ja.

– En liten liten träbåt?

– Så liten att den knappt syntes.

– Som en fingerborg?

– Vad är en fingerborg?

– Något mycket mycket litet. Om du inte vet vad det är på svenska kan jag säga det på engelska. Det heter *thimble* på engelska. Då vet du nog vad det är. Ordet finns säkert även på ditt språk vilket jag tyvärr inte behärskar.

– Inte jag heller. Bara några få skriftlärda vet vad fingerborg heter på mitt språk.

– Så du kom i en liten liten träbåt hit.

– Liten som en fingerborg, *thimble* på engelska.

– Tog den in vatten?

– Ja.

– Hur många var ni per kubikmeter?

– Fem.

– Hur många var ni som öste?

– Vi hade bara ett öskar.

– Fem per kubik. Då har du det bra ändå. Jag har träffat folk som varit sju per kubik, kanske ända upp till nio.

– Ja, jag har det bra.

– Vad gjorde du i ditt hemland?

– Jag levde där.

– Vad arbetade du med?

– Jag var sockerbagare.

– Var ditt hemland mycket vackert?

– Vissa platser var vackra, andra var fula.

– Hur kan du säga att de var fula?

– Jag tyckte det.

– Det finns inget som är fult.

– Inga platser var vackra, inga var fula.

– Det måste ha varit tidiga morgnar för dig?

– Nej, socker äter folk först på eftermiddagen.

– Det är olika från person till person, från kultur till kultur.

Fatima svarar inte.

– Jag har rest mycket, säger rekryteraren. Jag har ätit socker morgon eller kväll, förmiddag eller eftermiddag, allt enligt de lokala sedvänjorna.

– Jag brukade gå upp vid sex.

– Man ska inte bjuda bagarbarn bröd men du kanske ändå vill ha en kaka?

– Ja tack.

– Varför tror du att du misslyckats med att komma in på vår svenska arbetsmarknad?

– Jag har en vårta på magen.

– Har du sökt den typen av jobb?

– Nej.

– Men?

– Så det kan inte bero på den.

– Nu förstår inte jag.

– Men männen jag träffat ser den och vill inte träffa mig igen.

– Är din man blind?

– På sätt och vis.

– Har folk uttryckligen sagt att de äcklas av den?

– Nej, men jag utgår från att de äcklas.

Rekryteraren funderar en stund och bestämmer sig för att byta spår.

– Har du hört den här visan: »En sockerbagare här bor i staden, han bakar kakor mest hela dagen. Han bakar stora han bakar små, han bakar några med socker på?»

– Nej, aldrig hört den.

– Det är för att du inte varit barn här. Den som inte varit barn i Sverige kan aldrig bli ett med det här landet. »Nu ska vi sjunga» hette boken där sockerbagarsången fanns. Den var orange. På omslaget stod tre barn med gult hår. Den var vår psalmbok när vi var små.

– Du sjunger bra.

– Ja, för jag gick i Adolf Fredriks musikklasser. Där gick jag. I sex långa år. Vid intagningsprovet skulle man slå takten med en blyertspenna medan en herre som var mycket barsk spelade på ett piano. Det var flera meter till taket och det drog från fönstren. Våra fönster hemma var helt täta så jag var ovan vid miljön. Pappa han tätade och tätade. Vi frös aldrig. Med stolthet betraktade vi våra fönster hemma på helgerna när hela familjen var samlad. Men på Adolf Fredrik drog det och mannen spelade på sitt piano. Jag förväntades höra något när han spelade, en rytm, men jag hörde ingenting och fattade inte hur jag skulle slå med pennan. Så jag slog och slog tills spetsen gick av och flög iväg och träffade pianisten i ögat. Blyertsspetsen kilade in sig under hans ögonlock. Som tur var låg sjukhuset rakt över gatan. Det blev uppståndelse och ingen brydde sig om mig, alla oroade sig bara för hans öga. »Om det varit hans fingrar hade vi mördat ungen», hörde jag en säga. »Men han behöver läsa noter», sa en annan, »så ögat är illa nog». På grund av det inträffade hann pianisten aldrig fylla i papperen om mig. De låg kvar vid pianot. Jag blev ensam i rummet med bara gråten i halsen som sällskap. Jag skrev dit ett omdöme om mig själv. Rytmkänsla: utan anmärkning. Öra: utan anmärkning. Utvecklingsbarhet: stor. Ödmjukhet inför musikens outgrundliga väsen: stor. Jag kom in på skolan. Och gick där i sex långsamma år. När man väl kommit in på ett ställe undrar ingen vad man gör där. När man väl kommit in platsar alla. Man ser till att de platsar. Problemet är att komma in. Den insikten bär jag med mig sedan dess och den kan tyckas komma väl till pass i min interaktion med sådana som du, den kan till och med tyckas stå i motsatsställning till mina arbetsuppgifter, men i det här jobbet måste livsinsikter och erfarenheter lämnas utanför. Mina föräldrar var mycket stolta. Ingen i min familj hade vare sig spelat eller sjungit. Pappa tätade fönstret i mitt lilla rum extra tätt den hösten. Men vad hade jag för all denna ansträngning? Nu sitter jag här. Det är här mitt jobb. Här hörs ingen musik.

Fatima spetsar öronen. Ett svagt sus: fönstren är täta också i denna byggnad.

Förväntas hon säga något nu? Hon säger:

– Min systerdotter spelar blockflöjt. Jag tror hon är musikalisk.

– Det sa min far om mig också. Han hade inte sett mig hantera en blyertspenna.

Efter en tankfull tystnad säger rekryteraren:

– Du vill alltså ha ett jobb?

– Ja.

– Det är många som vill samma sak. Hård konkurrens.

– Jag såg det.

– Vad såg du?

– Det satt en hel hög med folk i väntrummet.

– En hel hög?

– Nej. Fem–sex stycken bara.

– Ser du på människosamlingar så, som högar av kroppar?

– Nej.

– Du är arab. Araber hatar judar. Judar låg i högar en gång. Och nu sa du just »en hel hög med folk».

– Jag är inte arab.

– Och högarna, hur ser du på dem?

– Som alla normala människor.

– Du är inte här för att vara normal. Var det inte normaliteten som hetsade offren in i döden den gången? Är det något fel på att vara arab?

– Nej.

– Du protesterade när jag sa att du var arab.

– Eftersom jag inte är arab.

– Vad är du då?

– Berber.

– Då får du arbeta extra hårt för att nå lika långt som dina konkurrenter. Serber är ganska belastade.

– Jag är berber.

– Tycker man inte om araber då?

– Det är olika.

– Nyss sa du att inget är olika, allt är lika.

– Sa jag?

– Att allt är tragiskt, komiskt, tungt, lätt.

– Inte har jag sagt det där.

– Kanske blandar jag ihop. Var det någon annan? Eller har jag läst det? Jag tror det står i handboken alla anställda får här på verket. Men det är så länge sedan jag läste den. Eller också har du inte sagt dessa ord men tänkt dem. En av våra centrala uppgifter är att veta vad folk tänker. Man kan lära sig att se det på deras pannor. Vår kompetens ligger i att rätt tolka mönstren i pannan. Det är lätt att blanda ihop dem för krusningarna är snarlika mellan olika antagonismer. Jag har en lathund men försöker ändå lära mig mönstren utantill. Din panna är just nu slät.

– Min bror har en arabisk svärmor. Han tycker inte om henne. Men jag har ingen arabisk svärmor och tycker därför inget särskilt.

– Vad har du för svärmor då?

– En död svärmor.

– Din bror har tur som har en svärmor i livet.

– Han gillar inte araber beroende på den här svärmodern.

– Men hans fru måste ju vara arab också?

– Henne betraktar han som ett undantag. Ju längre bort folk är desto mer frisinnad blir man mot dem.

– Nej. Så är det inte. Ju närmare folken kommer varandra desto upplystare blir de. Tolerantare.

– Upplystare om folks brister. Intolerantare.

– Nej. Tolerantare. Jag kan sådant här. Det är mitt jobb.

– Då är min bror inte som han ska.

– Men du älskar honom?

– Han är min bror.

– Man ska älska sin bror.

– Han är fördomsfull mot araber.

– Man ska älska sin bror. Särskilt ni älskar era bröder och systrar och fastrar. Ni tar hand om varandra.

– Min bror är trångsynt.

– Man ska älska sin bror.

– Ja.

– Tror du att det är något fel på dig, att det är därför du inte lyckats skaffa dig ett arbete?

– Något kunde nog vara mera rätt.

– Så ska du inte tänka. Det är medelmåttighetens småborgerliga blick. Du ska lära dig att se på dig själv med din egen blick. Det är säkert inget större fel på dig.

– Jag är pålitlig, stark, initiativrik.

– Det var tre adjektiv, men kanske inte de som efterfrågas i vår tid.

– Jag talade om adjektiv med min man i morse.

– Jag har adjektiven till yrke. Talar därför helst inte om dem utanför arbetstid.

– Ett yrke är en vacker sak att ha.

Rekryteraren tittar upp i taket medan hon masserar sina tinningar.

– Det finns en man som heter Herr T. Han är vår chef. Han följer forskningens framkant. Det rör sig alltså om en unik satsning grundad på vetenskapliga rön som du nu testas för. I en amerikansk laboratoriefabrik jämför man två enheter som tillverkar sugrör. På den ena arbetar bara enäggstvillingar. Den ligger i Kansas. På den andra bara tvåäggstvillingar. Den ligger också i Kansas. Geografifaktorn hålls alltså konstant för båda populationerna. Under de månader studien pågått har fabriken med tvåäggstvillingar tillverkat fler sugrör än den med enäggstvillingar, dessutom mer innovativa sorter. De nya rönen talar sitt tydliga språk rörande arbetsstyrkors sammansättning. Att enäggstvillingar är mer homogena än tvåäggstvillingar kan ingen förneka. Herr T vill därför satsa på er. Alltså sitter vi här nu. Du och jag. Fast jag sitter här vem man än satsar på. Forskningen avgör det. Forskningsresultat är inte hämmade av värderingar. Därför är de tillförlitligare än människor. Därför sanna. Därför äkta.

Allt i rummet och byggnaden är gjort av sprutlackerad masonit. Man får ta i hårt om man ska rispa in något där. Hur länge huset än står kommer det aldrig att få en historia. I så fall rivs det. Det är i ett sådant hus Fatima befinner sig. Om hon sträcker ut handen kan hon klappa det eviga nuet på skuldran så att det vänder sig om med ett förskrämt ryck. Den heta julniluften lindar sig runt dem. Rekryteraren tar då och då små klunkar vatten ur en plastflaska. Fatima skulle också vilja dricka.

Rekryteraren säger:

– Så du var sockerbagare. Varför?

– Som barn tyckte jag om bakelser. När jag blev

äldre fann jag att många var ogjorda eller illa gjorda. Jag ville uppfinna nya och göra de recept som redan fanns bättre.

– En sak jag alltid har undrat är, hur får bagarna alla bakelser att se likadana ut? När jag bakar blir varje bulle unik.

– Man gör dem likadana.

– Finns det inget knep?

– Knepet är att göra dem likadana.

– Frestades du aldrig till avvikelser? En liten egenhet som bara du kände till. Kanske ett missbildat öra på en marsipangroda?

– Jag gjorde avvikelser på alla bakelser. Om man såg dem eller ej berodde på hur långt ifrån man stod. Men själva ätandet, mosningen i munnen, är den stora utjämnaren. Som döden.

Rekryterarens naglar vandrar över bordskanten. När Fatima talar i mer än några sekunder blir hon otålig.

– Varför vill du inte baka här i Sverige? Det är en konst som talar alla språk, överskrider alla gränser.

– Jag fick karies. Sockret fastnar i luften. Man andas in det hela dagen och får karies även om man inte äter av det söta. Varenda tand är lagad. Titta. Det höll på att ruinera mig.

– Jag ser, jag ser. Stäng munnen.

Fatima stänger generad munnen.

– Vad vill du göra i stället för att baka?

– Jag vill fortsätta arbeta med fingrarna. Att göra bakelser kräver känsla i fingrarna. Jag vill bli cykelmekaniker. Men allt det här står i papperen.

– Du skriver i dina papper att du även kan tänka dig att arbeta med trädfällning.

– Ja. Men inte i första hand. Det är ju en grövre syssla, inte finmotorisk. Det var mer för att göra en samhällsinsats; det är för mycket skog i Sverige.

– Hur tror du att folk uppfattar det att du kommer hit och klagar?

– Jag vill fälla träden i stället för att klaga på dem.

– Skogen och naturen är det som de infödda uppskattar mest med det här landet visar alla undersökningar.

– Jag uppskattar tandvården mycket.

Med en viljeansträngning behärskar hon impulsen att på nytt visa sina lagningar.

De tar paus och Fatima går genom korridorerna för att hitta ut på gatan. När det är dags att gå tillbaka för att fortsätta samtalet har hon ännu inte hittat ut. Hon möter människor som arbetar i huset. Hon ser dem glida viktlöst genom korridorerna med fladdrande papper i händerna. När de kommer fram till det rum där papperet ska läggas har ingen tid förflutit, för här finns inte tid. Här finns regler och papper som byter hög. Hon hittar inte ut och hon hittar inte tillbaka. Plötsligt är hon på en annan våning utan att ha gått uppför någon trappa. Hon förstår inte hur huset är byggt. Hon försöker gå tillbaka samma väg som hon kom men minns inte hur den vägen såg ut. Ändå når hon till slut förhörsrummet bara hon fortsätter gå; hur hon än går kommer vägarna att leda tillbaka dit. Vilken sinnrik konstruktion, tänker hon, vilken skicklig arkitekt.

– Du kanske undrar varför jag ställer alla dessa frågor?

– Ja.

– Vart allt det här ska leda?

– Ja.

– Du kanske undrar vad allt det här har med din plats på arbetsmarknaden att göra?

– Ja.

– Då ska jag berätta det för dig. Jag talade förut om Herr T. Nu ska jag förklara lite mer. Vår uppgift i dag är att fastställa din kvot. Din mångfaldskvot. Det är därför vi sitter här och pratar om allt möjligt du och jag. Kvoten är en formel våra vetenskapsmän räknat ut. I varje människa finns en kärna i form av en cirkel. Kärnan är identiteten, hos somliga synonym med olikheten, annorlundaskapet. Varje cirkel har en yta. Varje yta kan man räkna ut arean av. Det blir i vår tid allt viktigare att ha en identitet i betydelsen ett annorlundaskap.

Med en passare ritar rekryteraren upp en cirkel på ett papper.

– Det här är din cirkel.

När Fatima pekar mot cirkeln känner hon hur hennes finger är korvigt och klumpigt bredvid cirkelns exakta rundhet. Hon lägger pekfingertoppen mot cirkelns avgränsning, dess kontur, men känner bara papper.

– Den är väldigt rund, säger hon. Fulländad.

Rekryteraren nickar.

– Ja, den kan inte bli rundare. Passaren sköter det.

Fatima smeker papperet och cirkeln som om de vore hud.

– Men jag är rombformad.

Rekryteraren tittar forskande på henne innan hon säger:

– Det tror jag inte. Men i så fall får vi sätta in din romb i en cirkel.

– Det blir oprecist. Kan ni inte räkna ut arean av romben i stället?

– Nej. Vi har ingen formel för romber.

Fatima tar pennan och ritar en romb, men utan linjal blir den krokig och skev och inte alls lika fin som cirkeln bredvid.

– Du sa något om en kvot.

– Mångfaldskvoten.

– Men är inte kvoten resultatet av något dividerat?

– Vår kvot är en area. Nu är det bestämt så. Metoderna är vetenskapligt utprovade.

Rekryteraren rör sig ryckigt, dricker vatten, tappar pennan på golvet. Fatima funderar över cirkeln.

– Den där blomman är sjuk, säger hon sedan och pekar mot växten på fönsterbrädan.

– Den är död sedan många år, säger rekryteraren.

– Och ändå så grön.

– Man målar grönfärg på bladen. Vi har en sikh anställd som gör det. Om man anställer en sikh behöver man med de nya reglerna inte anställa fler annorlunda. Han motsvarar två turkar, tre jugoslaver och greker, fem fransmän, åtta tyskar, nio finnar, tio amerikaner och engelsmän, tretton danskar och fjorton norrmän. Det finns tabeller för det här men jag minns varje lands ratio på rak arm. Vi testas på det varje månad. Sikhen hittades i en knivaffär. Han stod där och höll på att välja. Det är en ganska lustig sikh vi har; en kväll när vi gjorde sällskap ut från byggnaden berättade han att han har räknat ut hur många timmar han tjänar in under sitt liv på att inte gå till frisören eller raka sig. Han känner det som att han får ett längre liv än vi andra. Får tid över till annat. Till vad kan man ju undra men jag respekterar hans uträkning.

– Han får tid att sätta på sig turbanen.

– Ja, till exempel. Det måste ju ta tid. Och då är det förstås bra att han inte går till frisören utan kan lägga den tiden på att ta på sig turbanen i stället. Allt är vist ordnat när man tänker efter.

—

– Låt mig få förklara mer om det nya cirkelprojektet som vårt verk, vår myndighet, är huvudman för. *Nya blodgiven* heter det. Det bygger på idéer från moderna tänkare som heter, nu ska vi se vad de heter, här har jag ett papper om det. Spivak, Baba, I.M. Young – så trevligt, en kvinna bland tänkarna, Aristoteles (alltså inte Aristoteles Onassis, utan den riktiga) – men projektet har sitt namn från Franklin Roosevelt. Med *Nya blodgiven* ska vi få en färgstarkare tillväxt. Herr T är besatt av Roosevelt. Han kan alla reformerna och Pearl Harbortalet utantill. På kick-offen i augusti varje år får de anställda intonera det i kör. »This day will live in infamy» skanderar gruppen. En sak jag har tänkt på är att man aldrig skulle välja en man i rullstol till president i dag. Handikappade har fått det bättre sedan 1930-talet men till president skulle man inte välja dem. Jag måste erkänna att jag själv inte skulle rösta på en rullstolsburen om han ställdes mot en Robert Kennedy eller en Bill Clinton. Och då uppstår frågan: har världen blivit mindre tolerant trots allt som hänt den? Är Förintelsen bara något vi borstar bort som ett dammkorn från axeln i stället för det ok det borde vara? Förintelsen måste vara ett av de starkaste varumärkena genom alla tider. Men det känns inte rätt mot offren att använda ordet varumärke. Det känns oetiskt. Vad jag vill få förmedlat är bara att den, Förintelsen, på ett genialiskt sätt lyckas kommunicera sitt budskap. Så att det budskapet aldrig upprepas. För det vore förkastligt. Och det *kan* aldrig upprepas heller, inte med samma personer eftersom de personerna är döda. Man kan nästan tala om tur i oturen här. Du ser undrande ut.

Nej, Fatima undrar inget men är så törstig att hennes mun klibbar ihop, hungrig börjar hon bli också. Men ingen lunch är ställd i utsikt.

– Ville du säga något om Förintelsen?

Fatima skakar på huvudet.

– Nej. Tack.

– Men vi har tid.

Rekryteraren lutar sig lojt tillbaka i stolen för att visa hur mycket tid de har.

– Jag har inget språk för den.

– Det kommer det kommer. Hur länge har du varit i Sverige nu?

Tystnad.

– Det är så skrämmande. En del stavar med litet f för att förminska den ytterligare, säger rekryteraren varpå hon åter böjer sig fram över papperen:

– Vi måste vidare. Lyssna här: »Let us go forth to lead the land we love, asking His blessing and His help, but knowing that here on earth God's work must truly be our own». Det är slutorden i John F Kennedys installationstal. Det har jag memorerat av eget intresse, inte för att herr T ville det. Det är mycket vackert. Man kan tycka att det låter som presidenten i Iran men det vore ytligt. När Kennedy talar om Gud menar han naturen. Det förstår man om man är född in i den här kulturen. Det rör sig om subtil språk- och kulturkompetens. Dirty Harry till exempel heter inte så därför att han är smutsig. Det här är en språklig finess som är vanlig i de västerländska språken, ordens överförda betydelse.

– Nog är väl Dirty Harry rätt smutsig?

– Han har smutsiga metoder ja! Men han är inte smutsig i bemärkelsen otvättad! Det var det jag försökte åskådliggöra, hur språket kan användas på många nivåer.

Fatima säger:

– Fast när han rusar ut på gatan från lunchstället och ska skjuta en kille samtidigt som han äter en korv skulle jag bli förvånad om han inte blir lite smutsig på kavajen av både ketchup och senap. Inte ens han kan hålla sig kall i ett sådant läge.

– Var det korv han åt?

– Något med bröd var det.

– De flesta är lite löjliga med mat i munnen men Harry blev bara tuffare av det. Hans käke blev stenhård. Harry är annars inget hårt namn men på honom är det det, antagligen för att det kombineras med adjektivet. De äckligaste mördarna i Clint Eastwoods filmer är ofta, det kanske du har lagt märke till, hans egen fysionomiska motsats. De är blöta i konturerna med slappa käkar, slappa munnar och hakor, gärna lönnfeta – medan han själv är huggen ur berget. Hos motståndaren saknas alltid fysisk fasthet. Antagligen tänker han sig att det speglar en avsaknad av psykisk fasthet. Det där borde någon ta och undersöka ur ett diskrimineringsperspektiv. De slappa käkarnas lobby. Vår tids frenologi. Jag ser på dig att du i alla fall tror att det var korv med bröd han åt. Jag kan inte svära på vad det var men är säker på att det inte var en simpel varmkorv, i så fall en *hot dog*.

Fatima gnider sina ben. Hon är inte van vid så här långt stillasittande. Stolen är obekväm och trycker mot låren. Hon frågar:

– När får jag besked?

– Inte i dag och inte i morgon. Det här är en komplicerad process. Jag samlar in geometriska data, sedan skickar jag uppgifterna till en analysgrupp som sköter gallringen.

– Vad ska bort?

– Ogräset ska bort. Det växer nära tågets skenor.

– Vilket tåg?

– Det som går nu.

– Vart går tåget?

– Framåt. Det är ingen intelligent växt om den växer på banvallen av längtan efter att få åka med. I så fall måste den byta skepnad. Som den är skapt sitter den för hårt fast, och man ska aldrig rycka upp en växt med rötterna.

Fatima lägger händerna på sin hungriga mage. Den kvider och kurrar. Hon säger:

– Jag är ogräset. Jag sitter fast och tågen rullar förbi. Jag växer även om de besprutar mig. Besprutar de mig börjar jag behöva besprutningen, frodas av den.

– Ogräset hotar att invadera skenorna så att tåget inte kan ta sig fram. Och tåget måste framåt, annars rostar det och växer igen. Har du sett gamla stillastående tåg? Ingen vacker syn. Ett tåg måste röra sig eller dö.

– Varför åker inte tåget dit vi vill?

– Vilka vi? Ett tåg kan inte åka utan räls. Det är rälsen som gör tåget till tåg. Annars vore det ett annat fordon. Och räls kan inte läggas var som helst. Vi åker där det är farbart.

De tar en ny paus. Den här gången hittar Fatima ut och går ner på gatan. Det är varmt och vinden är het. Hon är yr, tankarna snurrar. Hon borde köpa något att äta men har för lite pengar på sig. Hungern är mycket plågsam nu. Hon koncentrerar sig på att inget känna. Hennes gröna blus klibbar mot ryggen. Hon ser sig själv i en kafédörr av glas och nickar, personen i dörren nickar tillbaka. Om Fatima tar ett steg åt höger tar personen i dörren ett åt vänster. När någon går in på kaféet kröks hon och går sönder och blir ensam kvar med sig själv. När dörren fladdrat en stund står de där åter och tittar på varandra, hon och sig. Så stannar ett par framför dörrglaset och utplånar henne på nytt. Han har trenchcoat i värmen, hon klacksandaler där hennes nakna häl för varje steg hamnar vid sidan om sulan. Mannen tar fram en karta. De är turister, han är kartläsaren, hon har sedan länge slutat undra vart de ska. Om de bett Fatima hade hon kunnat hjälpa dem. Hon känner staden väl. Det var den gången då någon frågade henne om vägen i detta land som hon blev medborgare.

Ett läppstift i turistkvinnans hand väntar på en mun. Hon speglar läpparna mot kafédörren. Nu vet mannen vart de ska och viker ihop kartan, viker ihop den fel som man gör med kartor men vill inte be om hjälp utan låtsas att han vikt den precis rätt och stoppar de knöliga pappersmassorna i rockens innerficka. Det kunde ha varit en nyfödd krokodil, han skulle ha stoppat ner den med samma självklarhet. Kartan får hela hans bröstkorg att bukta men allt är normalt.

Fatima sitter törstig i sin stol. Rekryteraren har fyllt på vatten i sin flaska.

– Vad är det du är egentligen? frågar rekryteraren som om hon funderat på saken under hela pausen.

– Hungrig och törstig.

– Nej, jag menar berber, vad är det för nåt?

– Jag är den jag är bara.

Rekryteraren ser fundersam ut. Sedan säger hon:

– Vill du ha en kaka?

– Gärna. Jag kan ta två till och med.

Rekryteraren bläddrar i Fatimas papper. Efter någon minut av tystnad säger hon:

– Är det så att du som professionell bagare är snobbig när det gäller kakkvalitet och inte tror att våra kakor duger?

– Jag har sagt ja varje gång du frågat om jag vill ha kaka.

Rekryteraren nickar.

En hel helg satt Fatima och skrev papperen som rekryteraren nu formerar framför sig. Tjugo gånger skrev hon om, hundra gånger slog hon i lexikon för att få alla prepositioner, artiklar och böjningar rätt. Det är hennes liv som ligger där. Hon tänker: om jag vore lika oviktig för mig själv som jag är för den här blonda friska människan i stärkt ljusblå blus skulle mitt hjärta inte orka slå.

Rekryteraren tittar hastigt upp på Fatima.

– Du vill alltså ha en kaka?

– Tack gärna. Jag är hemskt hungrig.

– Men bara om den är god eller vad? Det är bättre att man får en kaka som inte är så god än att man inte får någon kaka alls. Så gör vi här i Sverige.

– Varför kommer det då ingen kaka?

– Du får den kaka du får. Om jag tog på mig att springa med kakfat här om dagarna förstärkte jag traditionella könsroller.

– Ska jag hämta kakorna?

Rekryteraren ser ut att vara ställd inför en ny situation. När hon tänker intensivt skrynklar hon ihop munnen. Hon säger:

– Vi kunde be sikhen hämta kakorna, han är man. Om inte vår internradio hade kollapsat i värmen. Kakor är ändå inte riktig nyttigt. Tänkte du på det när du bakade att du bidrog till att förkorta livet på folk, ge dem fetma, diabetes, förhöjda blodfetter, hjärtinfarkt?

– Nej.

– Så vad tänkte du på?

– Att folk skulle tycka om mina bakelser och att jag fick en lön.

– Kan du i dag när du fått lite perspektiv se att det var kortsiktigt tänkt? Kortsiktighet och hedonism präglar vår tid. Åtminstone i väst. Men det kanske är annorlunda där du kommer ifrån?

– Ja, vi har inget tidsbegrepp alls.

Rekryteraren skrattar oväntat ett kluckande nästan ystert skratt.

– Du ska inte driva med mig, Fatima. Ibland tänker jag, förstår du, att det är nyttigt att vara från väst med all skuld det innebär. Inget förslappar som den eviga offerstatusen, att alltid få skylla på någon annan. Ni borde kräva av er själva att bli vuxna. Och kräva av oss att vi tillåter er att bli det.

Fatima gläds åt skrattet, tankeskiftningen, motståndet. Det glimmar till i grustaget av gråsten där hennes fötter och händer glidit bakåt i det lösa underlaget när de försökt ta sig upp. Hela förmiddagen har hon längtat efter att få ta rekryterarens ord på allvar. Men samhörigheten blir kortvarig. Rekryteraren har sitt formulär att hålla sig till, sitt eviga formulär med tankar köpta på institut och kan inte unna sig att någon längre stund lita till sina egna.

Hon frågar: – Varför lämnade du ditt land?

Fatima svarar: – Jag var ateist.

Rekryterarens förvåning fungerar som en ansiktsutvidgning, en tillfällig mjukhet i allt det strama. Hennes ögon smalnar och vidgas som om det kliade bakom dem.

– Att i vår upplysta tid vara ateist ter sig märkligt för mig.

– Så är det i alla fall.

– Du är väldigt torr om munnen.

Rekryteraren höjer sina fingrar för att visa var munnen sitter.

– Vitflagig. Du skulle smörja in det där. Du har ingen salva?

– Det är för att jag är så törstig.

– Vi är strax klara. Men din radie är ännu i dunkel. Och det är ett hål i din meritförteckning. Det saknas flera år. Varför är det ett hål?

– Det måste ha varit då jag inte fanns.

– Vad menar du?

– Det tog tid att ta sig hit i den där lilla fingerborgen. Efter det var jag apatisk under lång tid, det blev som ett hål i livet.

– Min gissning är att det du har gjort till hål i själva verket är dina främsta meriter i våra ögon. Sätt inte din rökelse under skäppan, Fatima.

Rekryteraren skriver ner några ord på ett block och säger:

– Jag vill ta upp det här med berber och serber igen, för ingen kommer att höra skillnad på de två orden. Det kan medföra problem för dig.

– Jag behöver inte insistera på att tala om det.

– Det ska du visst. Du ska insistera. Det dröjer inte länge innan kravet på stolthet kodifieras i lagtext.

– Jag är berber och ska trycka på b-et så att det inte låter som ett s.

Rekryteraren skjuter formuläret ifrån sig och stryker undan hår från ansiktet som om hon ville rena sig.

– Får jag berätta något personligt för dig. Om mig själv? Jag är lingvist. Jag har ägnat mitt liv åt det professionella studiet av språkets beståndsdelar. Jag skulle doktorera på labiala frikativer hos sydslaver som kom som arbetskraftsinvandrare. Min tes var att de hade en kortare tungspene, epiglottis, som påverkade uttalet även labialt. Men jag fann att tungspenen var av samma längd och med samma inbördes variation som hos nordeuropéer och kineser, mina två jämförelsegrupper. Det blev ingen avhandling. Jag sökte jobb här i stället. Och med min bakgrund inom psyko- och sociolingvistiken är en av mina uppgifter i *Nya blodgiven* språkanalys av de sökande. Jag är tränad att oavbrutet tolka språkliga utsagor.

Medan hon talat har hon hållit håret hårt tillbakastruket med handflatorna på varsin sida om huvudet. Hon blundar och det rycker i de blålila ögonlocken.

– Man blir lite hämmad vid tanken på det, säger Fatima.

– Enbart analysgruppen får veta vad jag kommit fram till. Resultaten registreras men förstörs efter en tid.

Hon släpper ner håret och avlägsnar två gem som ligger lösa på bordet.

– Tycker du att du är värd att ha ett jobb, Fatima?

– Ja.

– Varför just du?

– Därför att jag är människa.

– Det var också en anledning.

Hon ler milt.

– Är du kommunist?

Fatima viker upp ärmarna på sin gröna blus. Ju mer hon ser på den desto anskrämligare tycker hon den är. Måste ha varit något med provrummets belysning som lurade henne.

– Nej, säger rekryteraren. Det är klart jag inte tror att du är kommunist.

– Som sagt, ett arbete där jag får använda händerna skulle jag gärna ha.

– Du har ett ganska bra huvud. Varför använda händerna då?

– Min dröm är att bli mekaniker i Tour de France. Men det är nog omöjligt.

– För du kan inte franska?

– Inte därför men de är så få. Man måste ha kontakter för att komma in i ett stall. Jag var cyklist i min ungdom.

– Du kan franska men vill ändå bli cykelmekaniker? Det var originellt.

– Alla cykelmekaniker i Frankrike talar franska.

– Är det inte mest män i det yrket?

– Jag tycker om att se saltränderna på byxorna, ekrarna som blänker. Jag gillade Indurain. Det var så sorgligt den där dagen när han släppte uppför Les Arcs -96. Energibrist, sa man, vätskebrist. Andra sa att han var några kilo för tjock. Men orsaken spelade ingen roll för efter det var all fruktan borta, den som hans övertag hade byggt på. Han blev mänsklig när han gjordes mänsklig i de andras huvuden. Det var hela skillnaden. Nu har jag en ny favorit.

Rekryteraren klipper med ögonen. Till Fatimas glädje har hon lyssnat, och slår ner blicken i något som kan vara eftertanke och ödmjukhet. Men inte heller nu varar tillståndet. Ingenting biter på henne, tänker Fatima när rekryteraren med återtagen beskäftighet säger:

– Mig intresserar bara konståkning. Det är så märkligt att öststatarna fortfarande har dessa smaklösa dräkter fast de blivit befriade. Och för mycket rouge. Varför lär de sig inte?

Hungern gör Fatimas tankar trubbigare. Rekryteraren dricker ur sin flaska och ber henne berätta något från sitt liv, vad som helst bara det är spontant.

– Till exempel något som hände i morse, säger rekryteraren när Fatima inte kommer på något.

Hon säger:

– Det kröp en myra över tidningen i morse.

Rekryteraren antecknar: myra.

– Den stannade mitt i en text. Ena benet såg ut som ett i. Jag hade ännu inte sett myran eftersom den var kamouflerad i den svarta textmassan. Men så stod det »monarken sitter istadigt på tronen». Jag förstod inte och gick iväg för att slå upp ordet. När jag kom tillbaka stod det att han satt stadigt. Jag utgick från att jag läst fel och tänkte inte mer på saken tills jag en stund senare kom fram till sportsidorna där han som var tolv sekunder efter på gårdagens etapp, min deutschiska favorit, nu tycktes vara en minut och tolv sekunder efter. Jag hade sett med egna ögon att så inte var fallet och undrade vad som kunde ha hänt. Hade han fått tidstillägg för otillåten langning eller vad? Men så fick jag syn på myran som rutschade nerför tidningen. Jag jagade den över golvet och klämde ihjäl den i hastigt mod.

Rekryteraren har antecknat febrilt. Hon säger:

– Dalai lama dödar aldrig några djur, inte ens en myra.

– Det beror nog på att han blir buren.

Rekryteraren tittar upp, granskar Fatimas anletsdrag.

– Nej, jag har sett honom gå. Jag såg honom gå i Globen.

– Då beror det på att han har så mjuka sulor. Myrorna dör inte ens när han trampar på dem, deras kroppar gör avtryck i sulan. Endast i Tibet tillverkas så mjuka sulor.

– Akta dig för att låta det egna moraliska förfallet ursäktas av andras privilegier.

Om hon bara fick något i sig kunde hon kanske behärska sig men hungern och törsten gör henne kitslig inför förolämpningarna.

– Men risken med dina spetsfundigheter, fortsätter rekryteraren, är att allt till slut går att förklara bort, relativisera, förminska.

– Håller jag på med spetsfundigheter? Är det inte du som gör det?

– Nej, jag försöker se mönstret i folks tänkande, de heldragna linjerna.

– Men tror du att så små djur har känslor?

– En gång trodde man att slavar inte hade känslor.

– Man tror fortfarande inte att slavar har känslor. I så fall gjorde man dem inte till slavar.

– Vadå?

– Eftersom alla har ett samvete.

– Fatima, du är mycket naiv. Och slaveriet är avskaffat. *Abolished.*

Hon sticker in pennan mellan två knappar i blusen och kliar sig mellan brösten.

– Ändå finns det så mycket lidande kvar i världen. Vi försöker förstå lidandets och förtryckets orsaker och natur. En viktig aspekt av *Nya blodgiven* är att den andliga dimensionen premieras. Det måste komma något gott ur att inte alla människor tror att allt går att förstå, planera, ställa till rätta, räkna ut med siffror, skriva ner med bokstäver. Nu har ni chansen att göra er gällande, ni från andra kulturer.

Rekryterarens blick är ljungande blå när hon tittar upp och lutar sig fram mot Fatima.

– Arbetsgivarna i vår tid vill ha irrationella människor som kan göra det oväntade. Det finns en längtan efter er. Er som inte haft Alva och Gunnar Myrdal som socialnationella skyddshelgon, er som inte haft deras son Jan som nationellt *enfant terrible*. Er som inte hyllat linjalen och vågen som de främsta verktygen för massornas välstånd.

Så tystnar hon och sjunker ihop, den blå glöden släcks. Uppgivet tillägger hon:

– Och ändå är det med hjälp av passaren vi nu ska ändra på Sverige.

Hon skakar på huvudet.

– Många gånger har jag påtalat att passaren svär mot projektets idé. Men det är ingen som lyssnar på mig. Passaren visar hur starkt det ingenjörsmässiga sitter i oss. Vi vill ändra något och griper efter vattenpasset, vinkelhaken, passaren. Men det är åtminstone ett steg i rätt riktning att vi denna gång sätter vår tilltro till den mjuka, runda cirkeln och inte till de hårda, räta hörnen. Även om det är med passarens sylvassa spets vi bestämmer mitten. Och med dess stålstyva arm vi ritar upp cirkeln. Trots detta är cirkeln ett fall framåt mot lösare former. Och ni ska hjälpa oss att en dag helt och hållet komma ur vårt geometriska fängelse. Vi lever i en demokrati som du vet och ni har varit en av remissinstanserna för regeringens direktiv till detta ämbetsverk. Er organisation har godtagit och till och med varit drivande i utformningen av kriterierna för *Nya blodgiven*.

– Vad är det för en organisation?

– Er organisation.

– Jag är inte med i den.

– Den företräder dig vare sig du vill det eller inte.

Fatima tar upp passaren från bordet och känner på spetsen. Hon funderar en stund på vad som sagts, sedan säger hon:

– En anledning till att jag gärna arbetar som cykelmekaniker är att det finns en skönhet i att rikta skeva hjul. Spänna ekrar med mikrometerprecision. Det är en drift i mig att göra det skeva rakt.

Rekryteraren ser på henne med ömsint medlidande. Mjukt, nästan beklagande frågar hon:

– Varför säger du detta efter det jag just förklarat?

– Jag vill vara uppriktig.

– Det är en fin tanke men du är så otaktisk, Fatima. Vi kan bara hoppas att din längtan efter ordning inte är fascism.

– Hoppas är det enda vi kan göra.

—

Huden har torkat ut av luften i byggnaden. Det kliar över hela Fatimas kropp. Hon tar en linjal från bordet och börjar klia sig på ryggen. Hon jagar klådan från en plats till en annan, får inte bort den.

– Har du barn? frågar rekryteraren.

Hon slutar klia, lägger tillbaka linjalen.

– Nej, men en systerdotter som bor med oss när min syster är sjuk. Hon är ofta sjuk.

– Vad heter barnet?

– Svea.

– Oj.

– Hennes föräldrar tyckte det var vackert. Jag också.

– Ni skulle ha bett oss om hjälp här på verket. Det är sådant vi finns till för. Vi hade kunnat tala om för er som inte har svenskt språköra att man inte kan kalla ett barn i vårt århundrade för Svea.

– I skolan kallar hon sig något arabiskt. För att smälta in.

– Du ser.

– Hon har ringt skattemyndigheten och bett att få byta förnamn till detta arabiska namn.

– Ta inte ifrån henne den framåtandan.

– Svea går i koranskola på kvällarna. Hon läser böcker om västerlandets cancersvulster. Jag har tittat i böckerna. I bildtexten kan det stå: »Ruinerade människor med plommonstop och spatserkäpp kastar sig ut från trettionde våningen då deras tillgångar på några sekunder utplånats». Hon får lära sig att detta är ett tecken på sjukdom. Det säger imamen. Min systerdotter lyssnar på honom men aldrig på mig. Sedan grubblar hon i ensamhet på vari det sjuka ligger för det förklarar inte imamen.

– Han låter dem tänka själva.

– Ja, och hon tänker och tänker tills hon kommer fram till att det sjuka ligger i att ta med sig spatserkäpp och hatt när man hoppar från en så hög byggnad.

– Inte så dumt tänkt egentligen. Vad säger du till henne då?

– Att jag hoppas att de stängt av elementen på koranskolan så mycket kläder som de har på sig. Hon svarar att jag hädar och förtjänar att dö.

– Andliga studier är viktigt. Hon behöver en stark identitet i en fientlig omgivning.

Fatima reser sig ur stolen. Det knakar i lederna och hon sträcker på sig medan hon går fram till krukväxterna i fönstret och skrapar bort lite grönfärg. Rekryteraren stirrar trött i bordet. Hennes kroppshållning, nu tung och utfluten, följer hennes inre tillstånd. När hon blir ivrig däremot är kroppen lätt, tunn, snabb.

– Du har visst inte förstått något av allt jag sagt här i dag, säger Fatima och ser ut över en soldränkt vägg av dammig ärgig plåt.

Rekryteraren stirrar på sin penna.

– Allt har jag förstått. Det är mitt jobb att förstå. Men jag förstår saker på mitt sätt, du på ditt. Jag behöver min världsbild, annars kan jag inte fortsätta här. Och du behöver din, annars kan du inte fortsätta tro på det du tror på. Men min världsbild är mer gångbar än din i dagens samhälle och du skulle tjäna på att byta. Du kan inte gå omkring med en världsbild som är förvriden enligt den spegel vi använder och som gör dig till parasit, du lever ju på det allmänna. Det borde få dig att inse att din världsbild har grava fel.

– Tiden kommer att ge den rätt.

Fatima öppnar fönstret och en het vind drar henne i håret.

– Kan jag inte bara få ett jobb? Så kan ni glömma mig sedan. Måste jag bidra med något annat än mig själv?

– Alla kan inte ha jobb samtidigt, säger rekryteraren. Då fastnar samhället.

Hon sätter armbågarna på skrivbordet och hakan i händerna och betraktar Fatima.

– Det är märkligt hur olika människors lotter faller. Du vill inget hellre än arbeta, själv vore jag gärna ledig för att kunna resa. Jag har arbetat hårt i många år utan semester. Jag skulle vilja se Moldavien. Ibland blir jag trött på alltsammans, på er som kommer hit och behandlar mig som en platsautomat. Om det är så angeläget, gör något, vill jag säga! Handla en limpa och leverpastej, bre mackor på morgonen och gå ut och sälj dem vid rödljusen. Att människor regelbundet blir hungriga är det enda vi med säkerhet vet. När arbetstillfällena är få måste vi äta mer. Det är enda lösningen. Vi måste lagra nöden innanför huden. Då gör vi någon i korvkiosken arbetslös, säger ni. Men då får han också bre mackor och ställa sig vid rödljuset. Då säljer någon annan färre mackor, säger ni. Hitta ett nytt rödljus! Det finns hur många rödljus som helst att ställa sig vid om folk bara är beredda att äta. Vi ska dela bördorna lika och nöden alstrar påhittighet. Borde då alla lida nöd för att vi ska uppnå maximal utveckling? Nej, för här kommer en annan aspekt in och det är meningen med livet. Nöden är ett medel, inte ett mål. Några måste få njuta frukterna. Vad vore annars syftet med all strävan, allt växande, all nöd? Det viktiga är att de som står vid rödljuset inte är av samma sort. På alla platser ska det vara olika sort, i rännsten och palats. Först då har vi uppnått något vackert. Eftersom det finns fler sökande än det finns arbetstillfällen är idén representation; om Pelle får ett jobb är det som att Nisse också fått ett, och om en syrian blir anställd är det som att även du blivit det.

– Ska han och jag dela på hans lön?

– Det här handlar inte om pengar. Det står andra värden på spel. Men du kanske är en sån som missunnar andra minoriteter än din egen att lyckas?

– Jag unnar alla allt.

– Du måste visa det också, inte bara säga det.

– Jag unnar duvorna sina korvar, syrianerna sina jobb, frisörerna att få klippa sikher. Jag vill arbeta och vara i fred. Problemet med din idé är att jag inte blir mätt av att du äter två middagar. Jag blir inte ens mätt i dag av att själv ha ätit dubbla portioner i går.

– Du tänker för smått och för kort. Man behöver överblick för att se tingens ordning. Varför tror du annars gud placerat sig i himlen?

– För att slippa se plågan i våra ansikten.

– Nej, för perspektivet.

Fatima tar mod till sig och säger att hon skulle uppskatta mycket att få någonting att äta och dricka. Rekryterarens tal om limpa och leverpastej nyss kom inte lägligt. Hon förklarar att om hon vetat att samtalet skulle pågå i så många timmar hade hon tagit med sig något hemifrån. Rekryteraren ser på klockan. Personalmatsalen är stängd men varför har hon inte gått till kaféet mittemot i någon paus, undrar hon. Hursomhelst är de snart klara. Rekryteraren bläddrar fram en ny sida i sitt formulär.

– Vi kör vidare. Vad gör dina föräldrar?

Fatima erinrar sig alla fångar och fattiga genom årtusendena, alla dem som varit mycket hungrigare än hon.

– De trycker och viker små flikar som sys in i kläder. Made in China står det på flikarna.

– Jobbar de i Kina?

– Lapparna skickas till Kina sedan de tryckts och vikts i norra Afrika. Därefter sänds kläderna hit och säljs här. I norra Europa.

– Jag tror jag hellre dog än lämnade föräldrar i norra Afrika.

– Det var mina alternativ.

– Och ditt namn. Du heter inte Fatima, det begriper jag, och din man heter inte Ali. Ni säger det för att inte låta självgoda svenskar tappa ansiktet var gång de inte kan uttala namnen. Ni sa förstås: kalla mig Fatima, kalla mig Ali. Inte sant?

– Om jag bara kunde få en smörgås, eller en skorpa. Ett glas vatten.

– Visst heter du inte Fatima?

– Det är mitt namn.

– Och din man heter inte Ali. Har du några sjukdomar?

– Inte vad jag vet.

– Vilken tur nu när du är hungrig för då kan vi hoppa över flera sidor i formuläret och gå rakt på fördomar.

– De kanske kommer med stigande ålder.

– Medicinerar du?

– Inte än.

– Vi ska utrota dem som en gång tuberkulosen.

– Ja.

– Det är ett primärt samhällsbehov.

– Ja.

– Bra att vi är överens. Så berätta om dem.

– Jag hörde ljud på väg till tunnelbanan förra veckan.

Rekryteraren vänder upp en oskriven sida ur blocket.

– Och du är säker på att det var ljud?

– I stort sett säker. Och då tänkte jag att kanske är det inte duvor som kuttrar utan stenar. I dessa tankar gick jag rakt ut i gatan.

– Så du gjorde inte som vi fick lära oss när trafikpolisen besökte skolan? »Titta åt vänster, höger och sedan vänster igen innan ni korsar gatan, barn!»

– Nej. Vad kunde komma på vägen? Jag korsade den alltså och blev överkörd. Sedan låg jag där utan tankar. Det var skönt att inte tänka. Jag kördes till en byggnad. I rabatten utanför entrén stod en man och plockade skräp med ett gripverktyg. Skräpet la han i en säck. Säcken var svart. Men det kan kvitta.

– Ja, det kan kvitta men nu var den det i alla fall och du har sagt det och vi är överens om att det är oviktigt. Det var en säck.

– Och så kom män och kvinnor i vita rockar. I rockar menar jag. Varelser i rockar. Något kom, klädd i något. Jag sa om varelsen i rabatten: låt honom operera mig. Han är från gatukontoret, sa de, han är utvecklingsstörd, tio glasspapper på en dag är vad han klarar. Låt honom operera mig just därför, sa jag. Han är inte medicinskt kunnig, sa de. Vad vet ni om det, sa jag. På gatukontoret kanske de största kirurgiska begåvningarna i hemlighet har samlats. Varpå jag somnade in för gott ty smällen mot mitt huvud hade varit kraftig.

Rekryteraren slår tre distinkta slag i bordet med pennan.

– Sa du att det här hände förra veckan? Hur kan du då sitta här och vara så frisk nu?

– Tycker du att jag verkar frisk?

– Ganska frisk.

– Jag kanske minns fel. Det kanske var flera veckor sedan det hände.

– Gjorde det ont?

– Ja. De fem sinnena är människans värsta fiende.

En chef kommer in i rummet och säger att de ska bryta för kaffe.

– Vi håller hårt på fikapauserna här, säger han och ler mot Fatima så att hon värms inombords.

Rekryteraren säger att hon kan få komma med då det är så hett och kvalmigt ute och otrevligt att stå på gatan länge. Det tycker Fatima är mycket vänligt. Hon ångrar allt dumt hon tänkt om rekryteraren de senaste timmarna.

De går till ett fikarum med applikationer på väggarna. Alla applikationer föreställer cirklar i olika storlekar. Klockan på väggen är också cirkelrund, och exakt tre. Chefen lättar på slipsen för att börja skära. På en porslinstallrik ligger en pistagelängd. Äntligen ska hon få äta.

Chefen skär noggrant längden i skivor med en pinne av trä som tyst trycks genom den mjukgräddade degen. En man befinner sig lite avsides, de andra sitter kring bordet redo att ta för sig av bullen. Den avsides stående är den enda i rummet med kortbyxor, dyra välsittande kortbyxor. Han är solbränd och gyllene i rosa pikétröja och ser ut att ha seglat och spelat mycket tennis i sina dagar. Hans rörelser är fulla av livslång kroppskontroll och han har den där släta, spänstiga, nygräddade hyn som de gyllene med rosa pikétröja ofta har. Han säger:

– Varför skärs vetelängder alltid i så tunna skivor. Bullar ska vara tjocka.

Då sänker chefen besviket den bullskiva som var på väg mot munnen.

– Du får väl ta två skivor på en gång och låtsas att de sitter ihop.

– Nej, jag håller med, säger en tjänsteman. Längder skärs alltid i för tunna skivor.

En kvinna börjar jaga en fluga med en hoprullad resebroschyr. Hon vill till Irland när hon fyller femtio, säger hon till ingen särskild. Flugan är grönskimrande som broschyren. Hon ska inte ha någon bulle, äter ett äpple. Hon åt varma koppen till lunch. Man behöver inte mer än så egentligen, bedyrar hon. När ingen tar notis om kvinnan blir Fatima nervös, vänder sig mot henne och säger att hon också äter varma koppen ibland. Det har hon bara gjort en gång men nu säger hon dessutom att varma koppen är praktisk att ha med på picknick. Kvinnan ser förskräckt på Fatima. Hon är mer hemmastadd i att tala när ingen lyssnar.

– Bara de inte skjuter på en på Irland, säger hon och viftar vidare med broschyren. Var det någon som såg om jag fick flugan?

Nej, för den har fastnat i vetelängdens pistagekräm. Flugan spretar med benen och rusar motorerna men kommer inte loss. Men småningom ska det lyckas; det är få förunnat att sitta fast i sitt eget bränsle.

Den gyllenbrune i kortbyxor säger till kvinnan med resebroschyren:

– Får jag göra ett test på dig?

Det är med blicken man får folk att offra sig för en större sak. Han kan göra vad som helst med sina ögon, nu ler de mot henne som om bara hon var viktig på jorden. Hon får blommor på kinderna, drar in magen.

– Hemskt gärna. Det var länge sedan någon gjorde ett test på mig.

Han vet att hans läppar är vackra när han ler och tänderna vita. Arrogansen som fanns där nyss är dold.

– Du ska föreställa dig regn, säger han. Spöregn.

Han lyfter ett härskande ögonbryn, hon ser förläget på honom.

– Det regnar, viskar hon. Det vräker ner! It's raining cats and dogs!

– Och du ska ta på dig lämpliga kläder så att ditt nylagda hår inte blir blött. Hur uttrycker du det?

– Jag stannar inne.

– Men du måste ut.

– Jag är dålig på grammatik.

Han lägger handen på hennes axel.

– Det är ett attitydtest, inte ett språktest och du måste ut i regnet, du ska köpa cigaretter, ut i regnet med dig nu.

– Jag röker inte.

– För att inte få ännu fler valkar röker du ibland, det vet jag nog. Nu ska du ut i regnet.

– Det regnar ute. Jag tar på mig stövlarna. Går ut.

– Säg det i en mening.

Han lutar sig närmare henne som för att höra bättre.

– Det regnar ute och jag sätter på mig stövlarna och går ut.

Han låter tänderna blixtra.

– Bra.

– Sa jag rätt?

Hon är lättad och hastigt förälskad.

– Svensken i gemen skulle säga: »Det regnar ute *men* jag sätter på mig stövlarna och går ut». Du sa *och*. Jag trodde du var svensken i gemen. Jag bedrog mig. För dem kommer pessimismen med modersmjölken. Den genomsyrar hela kulturen, tänkandet, språket, ända ner till de små orden *men* och *och*.

– Min mormors far var bulgar tror jag.

Aldrig förut har det skimrat om henne när hon tänkt på denna släktgren. Fatima noterar allt som sker. När hon fått näring i sig har sinnena skärpts. Hon har ätit fyra bullskivor.

Chefen frågar om det är någon som vill ta upp

några problem till gemensam diskussion nu när alla är samlade. Det finns många problem och diskussionen blir livlig, men det enda Fatima uppfattar som begripligt är att papperstuggen för oväsen: antingen måste det investeras i en tystgående eller så ska den nuvarande flyttas till ett ljudisolerat rum.

Fatima ser på kvinnan som ska till Irland. Hon deltar inte. Hon sitter och ser ensam ut med sin broschyr. I själva verket, säger hon till broschyren, tycker hon mycket illa om regn.

Chefen har sedan de satte sig kastat blickar på Fatimas ansikte, de har glidit över hennes kropp så att de känts som en beröring. Hon har sagt någon vänlighet för att återgälda intresset. Då frågar tjänstemannen, plötsligt och illvilligt, vad hon tänker om bullskivornas bredd. Chefen tittar ner i sitt pärlsocker. Fatima svarar att pistagelängd är gott. Tjänstemannen uppfattar det som att hon ansluter sig till dem som vill ha bredare skivor men då replikerar chefen:

– Det sa hon inte.

Fatima är sugen på mer bulle men det kunde tolkas som ett försvar för tjockare skivor, så hon avstår för att inte såra chefen.

Irlandsresenären vänder sig mot henne som om hon såg henne för första gången, och frågar:

– Är du ny här?

– Hon var bagare tidigare, säger rekryteraren som inte sagt ett ord på hela fikastunden.

– Men då har du ju objektiv sakkunskap! ropar

tjänstemannen. Ska man skära dem tjockt eller tunt?

– Jag bakade bara brödet, säger Fatima. Kunderna fick själva avgöra hur det skulle fördelas.

– Just det, säger chefen och nickar tacksamt mot henne. Det är en annan fråga.

– Hon är expert på cyklar också, säger rekryteraren. Tour de France.

Chefen blir översvallande. Han tittar på alla internationella lopp som sänds i tv. Nu under juli spelar han in etapperna och ser dem på video på kvällen. Någon gång ska han åka ner och följa loppet på plats, stå högt upp i bergen när cyklisterna kommer. Han struntar i om de är dopade för det är lika spännande ändå. Han undrar hur lång tid i förväg hon tror att man måste komma för att få en bra plats på berget? Fatima ger honom ett svar fast hon inte har en aning. Alla lyssnar på deras samtal utom den gyllenbrune som bär sitt hån som ett par dyra solglasögon. Chefen längtar långt härifrån och frågar om sidvind, blodvärde, langning, ekrar, kuggar och mjölksyra. Allt vill han veta och kan inte låta bli att vidröra hennes arm och hastigt stryka henne över ryggen. Hon låter honom göra det. För inget förstår hon bättre än att man kan drömma sig bortom de här applikationerna, den här arbetsstyrkan, det här ämbetsverket, dess fikarast, dess konditorvaror.

De går tillbaka till rummet de lämnade exakt klockan tre. Nu är hon halv fyra. De sätter sig på sina anvisade stolar.

– Vad har mannen med kortbyxorna för funktion här på verket? frågar Fatima som nu fått nya krafter medan en långsamhet har kommit över rekryteraren; orden känns som främmande föremål i hennes mun.

– Han utformar frågeformulären. Det var han som upptäckte att identiteten är en cirkel. Han är antropolog. Eller matematiker. Tjänstemannen som höll med honom om allt är hans knähund. Han gör analyser av konjunkturen.

– Alla i fikarummet såg ut att vara svenskar i sjätte led.

– Ja. Men vi har ju vår sikh. Han är accepterad och omtyckt men kan inte vara med och fika eftersom det här är ett statligt verk och man inte får bära kniv i fikarummet. Som du såg delades bullen med en blompinne.

Rekryteraren ritar en blomma på det tomma arket. Ovanför blomman ett moln med regndroppar.

– Är det bara i fikarummet man inte får bära kniv?

– Ja. Annars kan vi inte anställa sikher. Så det gäller bara fikarummen.

Rekryteraren börjar fila sina naglar, alla tio under intensiv tystnad. När hon åter talar är det undvikande och haltande.

– Du får inte ta detta personligt, säger hon och borstar bort nageldamm från kläderna. Du är trevlig och sympatisk och allt sådant, men det är lika bra jag förbereder dig på att du är hopplös för det här projektet. Det kan jag säga utan att skicka dina uppgifter vidare till analysgruppen. Mångfaldskvoten är ett värde som inte kan vara noll men ditt närmar sig noll. Vi har våra matriser. Vi har våra geometriska figurer. Och vi har dig. Du märkte själv hur du smälte in i fikarummet. De trodde att du jobbade här, att du var en av oss. Du stod närmare chefen än någon annan. Att chefen blev förtjust i dig kunde var och en se. Den som är närmast makten är mest integrerad. Så du var mest integrerad i hela fikarummet näst chefen. Vi andra hamnade i centrifugen.

Alla frågorna, anspänningen och de många hungriga timmarna har gjort Fatima utmattad och skör. Hon överrumplas av gråten när den hastigt tränger fram. Hon hade hoppats mycket på den här dagen.

– Men det är ju ett jobb jag behöver.

Rekryteraren blir illa berörd av gråt och Fatima slutar därför omedelbart.

– Det där hör den gamla tiden till, att arbetet är viktigt för identiteten. I dag är det annat som avgör. Jag har ägnat timmar åt att försöka avgöra vem du är och ingenstans kommit. Så går vi och fikar och allt klarnar.

– Det är en lön jag behöver! Inte ett omdöme, inte en radie. Ett jobb och en månadslön.

– Du ska inte vara ledsen. Du har det väl ändå bättre här än i ditt hemland?

—

Hon reser sig för att gå, rekryteraren frågar vart hon ska. Fatima antog att de var färdiga men rekryteraren ger tecken att hon ska sätta sig. Ryggen värker. Nu gör den det. Men den här gången undrar ingen ifall ryggen värker.

Rekryteraren:

– Jag skulle vilja fråga dig något personligt innan vi avslutar. Något som inte har med det här yrkesmässiga samtalet att göra. Får jag det?

Det känns som att hon håller på att få influensa, det här tjocka, varma, sprängfyllda huvudet.

– Jag ville fråga hur du som icke-västerlänning ser på den västerländska kulturen. Är den sjuk eller frisk? Jag har kommit fram till att den är både sjuk och frisk. Men kan en kropp vara både sjuk och frisk samtidigt? Måste man inte välja, bestämma sig för att se antingen det sjuka eller det friska? En människokropp som har ont i halsen är inte sjuk i armen eller benet. Men då halsen är infekterad kan hela organismen sägas vara utslagen. Man säger: *jag* är sjuk i dag, inte: *min hals* är sjuk i dag. Med den kroppsliga analogin kan man då bara nå fram till att den västerländska kulturen är sjuk. För inte ens en liberal kan påstå att alltihop är friskt. Vad tror du?

Innan Fatima hinner säga något ringer den lilla telefonen på bordet. Rekryteraren lyfter luren och lyssnar en stund. Oroliga skyar drar över hennes ansikte. När hon lägger på är hon påtagligt nedstämd.

– Herr T mår inte bra. Han är allvarligt sjuk. Och vi som just talade om sjukdomar. Det var hans assistent som ringde från New York. T är inlagd där, på den bästa kliniken. Herr T har tydligen drabbats av en konstig skrumpsjukdom vars förlopp de har haft svårt att hejda, han tynar bort. Mot det har han fått tillväxthormon och en blodtransfusion. Men hans kropp har stött bort dem båda. Cellerna »slutade tala med varandra», sa läkarna. De måste väl ha menat det bildligt. Om han dör är det slut med allt.

Rekryteraren sätter händerna för ansiktet som om en tung modlöshet kommit ikapp henne.

– Då är det ute med oss. Det blir att samla kottar och ved igen och göra upp en brasa för att värma fisken man själv fångat i ån. Men beskedet om hans sjukdom var inte huvudsaken. Det kommer att bli en ny giv som ersätter *Nya blodgiven*. Det har kommit nya rön, korrigeringar rörande resultaten på sugrörsfabrikerna i Kansas, de som är uppbyggda som laboratorier för den ekonomiska forskningen. Inte bara korrigeringar utan avgörande förändringar. Enligt resultatanalysen som kom i dag har fabriken med enäggstvillingar under det senaste kvartalet gått om fabriken med tvåäggstvillingar. Utöver det har man på enäggstvillingfabriken uppfunnit och börjat tillverka ett sugrör som mänskligheten aldrig skådat. Så förklarade assistenten det för mig i telefon. På kort tid har sugröret gjort succé över hela världen. De nya rönen kullkastar all kunskap om arbetsstyrkors sammansättning. Det förklarar också herr T:s kollaps vid blodtransfusionen. Men han vill ändå satsa på er i det här kärva läget för han har ett stort hjärta. Han vill inte ge upp den här given utan ge er ett fint märke att sätta på kläderna när ni ska ut och resa. Även de som, i likhet med dig, Fatima, är för vanliga för *Nya blodgiven* ska få ett märke och en biljett. För din vanlighet går ju inte att se utanpå. Du och jag har fått ägna en hel dag av intensiva samtal för att ringa in den. Och i slutänden är det ändå den där blodtransfusionen som avgör. Herr T höll på att dö. Vi kan inte riskera hans liv.

Fatima tänder en cigarett och håller ut den genom fönstret men röken blåser tillbaka in i rummet.

– Gå ut på gatan, säger rekryteraren.

– För att röka?

– För att undkomma. Här har du inget att hämta.

Fatima beskådar livet utanför. Ett hustak skär genom den magnesiumvita solen. Färgerna är skarpa och gör ont i ögonen. Hon vänder sig inåt det dunkla rummet, så välbekant nu.

– Jag tycker vi har haft fina samtal, säger hon.

Rekryteraren rycker till och slår ner blicken.

– Jag har aldrig pratat en hel dag med någon förut. Ingen har varit så intresserad av mig som du.

Hon får för sig att hon kommer att sakna rekryteraren. Att de borde bli vänner för livet. Efter en lång stunds tystnad reser sig rekryteraren, går fram till henne och tar hennes hand.

– Du är en säregen person, Fatima. Du är mycket speciell. Fast på fel sätt. Fel med tanke på projektet. Som ju inte gäller längre så det kan göra detsamma. Var rädd om din själ. Gå härifrån så att du slipper åka med det tåg som går åt fel håll. Skynda dig, Fatima, spring.

del två
kärleken

Jag kommer ner på gatan och börjar gå mot tunnelbanan. Efter två kvarter stannar en bil intill mig och en man kliver ur. Jag känner igen honom, jag har sett honom på tv. Han ber mig ta plats i baksätet. Mannen är klädd i ljus kostym och blank skjorta. Slipsen blåser upp över axeln när han står lutad över bildörren med ena foten kvar på karossen. Jag ser ingen anledning att inte göra som han säger. Vi åker genom staden. När jag betraktar honom märker jag att han har ett ovanligt långt avstånd mellan näsan och överläppen. Det är som en hel kontinent där andra bara har en landremsa. Jag kan inte låta bli att stirra på den. Det är en snygg kontinent. Efter en kvart är vi framme. Jag undrar inte mycket över var jag är eller vad som pågår. Efter den här dagen med de här frågorna kommer jag aldrig mer att undra över något. Om jag nu såg en grön hund med tre ben skulle jag finna att allt var i sin ordning.

Jag går ur bilen och gör som jag blir tillsagd. Vi går in genom en port, förbi en vakt, åker hiss. Sedan förs jag in i ett rum där jag får sitta ner. På rummets väggar hänger oljemålningar av män med lösa halsar.

Möblerna är mörkbetsade och i hyllorna står böcker som verkar ha tryckts av Gutenberg och sedan aldrig öppnats. En kvinna dyker upp ljudlös som en skugga från ingenstans i plisserad kjol och frågar:

– Vill du ha kaffe?

Jag tackar ja.

– Vill du ha kaka?

Jag hade återhämtat mig lite men nu rinner alla krafter ur mig, dags för nya kakor? Utan att ha fått något svar försvinner kvinnan och återvänder strax med en bricka.

– Jag hoppas du tycker om hallongrotta.

Jag nickar. Jag har aldrig ätit hallongrotta och ser genast att den här är gjord utan kärlek och med mycket tillsatser och sedan har legat förpackad tillsammans med för många andra i en låda av plast. Det ryker om kaffet. Jag biter och framtänderna fastnar i den klarröda segheten. Jag tuggar noga, hallongrottan har åkt i samma ränna som havreflarnen känner jag, där finns en bismak. Jag speglar mig i teskeden och ser att jag är röd om tänderna.

En man kommer in och hämtar en jordglob. Han är genomsnittlig på ett abnormt sätt – medelålders, av medellängd med medelkroppsbyggnad, ansiktsdrag som inte går att minnas i tio sekunder; kostymen sitter varken bra eller dåligt, den bara sitter; skorna svarta, inte dyra, inte billiga, inte oputsade, inte putsade. På huvudet har mannen medelmycket hår i sidbena. Till och med hans röst är genomsnittlig.

– Du kanske undrar vem jag är, säger han.

– Nej.

För jag undrar ingenting längre. Om jag inte hade slutat undra hade jag undrat varför han tror att jag undrar vem han är.

– Jag är en grå eminens. Jag hanterar det praktiska.

Sedan går han med jordgloben under armen.

Jag sitter i en timme. Så kommer kvinnan i den plisserade kjolen och säger att jag kan komma tillbaka i morgon. Hon är rar och försynt och tar mig i hand när jag går och önskar mig välkommen åter. Utan att undra något går jag till närmaste tunnelbana och åker hem. Stationerna uppstår och rinner bort som svettdroppar längs ett hårstrå. Jag vet inte vad det är jag ska tillbaka till i morgon men det finns ingen anledning att inte göra som jag är ombedd. Jag gör som man ber mig, jag vill vara en god samhällsmedborgare.

När jag kommer hem lagar jag saffranskyckling med ris. Min hunger har domnat bort men vid första tuggan väcks aptiten och jag påminns om att jag inte ätit något annat än bulle och hallongrotta på hela dagen. Ali frågar ingenting om hur det gått och det är inget oväntat med det för han vet inte hur man gör för att vilja veta något om en annan människa. Det visar sig att han inte märkt att jag varit borta. Nu märker han inte att jag är här. Nyheterna börjar och morgondagen förväntas ge precis samma varma väder som i dag vilket betyder att vattenståndet fortsätter sjunka. Ali för bok över det.

Snart sover vi, i samma säng. I samma säng som lakanen, örngotten och madrassen. Dem pressar jag mig mot, lakanet smeker mig och jag det.

Nästa dag åker jag tillbaka. Jag får kaffe och hallongrotta och väntar medan timmarna går. Vid lunch kommer någon med en tjock smörgås och en flaska kolsyrat vatten. Hon som kommer med brödet ler vänligt och varmt mot mig. Det är ett fantastiskt gott bröd med ett utmärkt pålägg, jag känner mig uppskattad och omhändertagen. Att dessa okända människor är så snälla mot mig! Ingen av dem syns till, så fort de gett mig vad jag behöver försvinner de.

I min ensamhet och med den goda smörgåsen i magen, i rummets svala rofyllda tystnad grips jag av djup tacksamhet mot de här osynliga människorna som behandlar mig så väl fast de inte vet vem jag är.

Klockan ett kommer en delegation och hämtar mig och jag förs med varm hand in i ett sammanträdesrum, ekboaserat och brunbetsat. Runt det ovala bordet sitter män och kvinnor. Det är Sveriges regering. De sitter som inför ett gruppfoto med blickarna förväntansfullt fästa på mig. Inga bilar hörs brusa. Det måste röra sig om tjocka fönster mot attentatsmän. Till slut säger statsministern på ovalens kortsida:

– Nå, vad säger du?

Och hans ansikte glittrar så starkt att jag tar ett steg framåt av dragningskraften. I glittret finns ett förunderligt skrämmande sug. Han har ett smalt ansikte med mörk, skarpt avgränsad skäggbotten, en bred haka och koncentrerad blick. Överkroppen är tunn och smidig men inte utan muskler i axelpartiet. Den blå skjortan är av bästa kvalitet, vecken som bildas i tyget när han rör sig ger den ett liv och en lyster som skjortor bara har i gamla kolorerade teckningar där männen har pomada i håret och kvinnorna är pigga och glada.

– Vad säger jag om vad? frågar jag.

– Om vad som helst.

Han gör en generös gest.

– Det måste jag fundera lite på.

Statsministern vänder sig mot utbildningsministern på sin högra sida.

– Har du något att säga om det?

– Jag väntar tills jag hört vad Fatima har att säga.

– Det är vad vi alla väntar på, säger statsministern med en munterhet jag aldrig sett honom ge uttryck för på tv eller i tidningar. I tv:s närbilder är han stelare och plattare än här där han befinner sig i en rymd – en rymd som han får att spraka bara med sin närvaro.

De väntar med halvöppna munnar. Den enda som inte oavvänt ser på mig är statsministern för han betraktar något utanför och har vänt huvudet i profil. En rak framträdande näsa och känsliga läppar.

Det bränner i händer och fötter men i mellangärdet vilar en kallare formation. Det är genom kylan den alstrar jag kan uppfatta situationen klart.

– Vad var ämnet? frågar jag.

– Vilket ämne som helst. Vi är intresserade av allt du har att säga.

Jag vill tänka ut något riktigt klokt nu när jag har chansen att bli hörd. Jag tänker och tänker men har plötsligt inga åsikter om någonting. Jag hör tystnaden brusa och sekunderna gå.

– En sak jag har tänkt mycket på är kampen för tillvaron, säger kulturministern trevande för att bryta tystnaden och hjälpa mig ur den pressade situationen.

– Vad säger du om den? frågar hon mig.

– Man kämpar. Hela tiden.

– Det är min åsikt också, säger kulturministern.

Redan genom hur statsministern vrider sin kropp tillrättavisar han henne, men samtidigt ler han så mångtydigt att hon blir osäker på vad han egentligen förmedlar.

– Du kanske vill vara ett toffeldjur som ännu inte kommit upp på land men det vill inte jag, säger han, alltjämt leende.

Utbildningsministern knackar i bordet för att få uppmärksamhet.

– Vad Fatima menar är väl att även den som svälter i Indien har mer lycka och välfärd än en cell.

Har jag menat något sådant? Jag hör min egen andning.

– Men kan man verkligen tänka så, säger kulturministern. Finns det inte fler parametrar?

Jag känner genast sympati för henne. Hon verkar äkta i sitt tvivel.

– Att indiern har större behov än cellen menar du, säger statsministern och för samman sina fingertoppar.

Den där sortens gissningar ska vi akta oss för. Vi kan inte veta något säkert förrän vi frågat cellen, toffeldjuret eller indiern. Vi ska aldrig spekulera i andras psykologi. Media hugger direkt på det.

Han håller upp ett varnande finger mot dem alla varpå miljöministern tar ordet.

– Jag tänker på detta med genforskning, detta med växtförädling och kopplingen till rasbiologi, säger hon och ser på statsministern som om hon med dessa ord gav honom stöd. Han ber henne otåligt att fortsätta.

– Vad jag försöker säga är att jag håller med dig om det du sa, att vi aldrig ska spekulera. Alla säger att felet genforskarna gör är att de inte skiljer på vetet och människan. Ett vetekorn är inte en människa brukar man säga. Men vad vet vi om hur vetekornen diskuterar den här frågan? Jag menar, vad vet vi *egentligen*? Vi är arroganta. Man kan inte utesluta att vetekornen har konferenser om en främmande arts utrotning av dem. Om hur de utnyttjas hänsynslöst för andras syften bara för att de är mindre och har svårt att försvara sig. Man måste räkna med sannolikheten, om än liten, att de har årsdagar då allt stannar i en minut eller tio eller sjutton sekunder. En minut för dem kanske är sjutton sekunder för oss. Man vet ingenting. Förintelser pågår hela tiden. Vi ser dem inte när vi står mitt i dem. Så vi ska inte vara så självsäkra i att vi gör det moraliskt rätta. Som jag ser det är antropocentrismen en av våra framtida utmaningar.

Med en vag antydan om irritation men inte vagare

än att den ska nå alla rör sig statsministerns händer över bordytan. Medan miljöministern talat har han då och då skickat mig ett förbindligt leende. Jag är mjuk i lederna som vid stark och oväntad attraktion.

– För vetekornens skull hoppas jag de slipper konferenser, säger statsministern. Dåliga högtalare, torra skinksåser, projektorer som inte fungerar, tolkar som svettas och ligger efter. Men nu var det inte er vi skulle lyssna till utan vår gäst som står framför oss och inte tar ordet därför att hon inte vill verka framfusig. Det är hon som har något att lära oss, inte vi henne. Så låt oss för en gångs skull lyssna i stället för att tala.

– Jag framförde bara en åsikt, säger miljöministern, och den står jag för.

– Det hoppas jag. Det vore allvarligt om du som minister i min regering sa saker du inte står för.

Statsministern vänder sig mot mig:

– Det vore roligt att nu höra vad du har att säga om det här.

Mitt huvud känns tomt fast där är trafik och stockningar.

– Jag har aldrig varit i Indien, säger jag.

Jag ser genast att det inte räcker, de blir besvikna, vill höra något mer.

– Men jag skulle gärna åka dit. En dag åker jag dit. Så att jag kan svara på er fråga.

Efteråt är det kaffe med hallongrotta. Kulturministern äter två. Det måste vara det enda hon äter på hela dagen, hon är tunn som en selleristjälk. Näringsministern kommer fram till mig med en kaka i handen och säger:

– Jag vill tacka dig för det du sa om Indien. Du gav mig mycket att tänka på.

Jag säger inget. Näringsministern fortsätter:

– Jag har nämligen heller aldrig varit i Indien.

Jag nickar som om jag förstod. Statsråden är egendomligare än jag trodde. Jag som levt i tron att människorna är varandra lika.

– Jag är också inkommen precis som du, säger näringsministern och hugger in på kakan, sörplar i sig kaffet. Min farfar var ättling till den franske kungen. Han blev kär i en svenska som sedermera blev min farmor och flyttade hit. De var släkt med Napoleon på långt avstånd men ingen i släkten är lika kort som han. Farmor var en fattig prästdotter, protestant. Det var ett betydande steg att gifta sig med en fransk katolik.

Han betraktar misslynt hallongrottan.

– Det är inte mycket näring i de här kakorna hörrudu, jag är minister i ämnet så jag borde veta.

Han skrattar högt. Näringsministern besitter en komisk energi som han öser över omgivningen. Jag skrattar inte med för jag har inte lyckats uppfatta något roligt.

– Jag är ju inte prästdotter, säger jag.

– Inte?

– Nej.

– Vad är du då?

– Om jag det visste.

– Det får du se till att ta reda på om du vill räknas in bland de existerande. Är du muslim?

– Nej. Jag är oreligiös.

– Islamolog kanske?

– Nej.

– Tuareg? Logoped? Solist? Akronym? Något måste även du vara.

– Min cirkel är en romb.

Han närmar sig sin hallongrotta som om det gällde att äta upp den innan den sprang iväg.

– Statsministern kommer att prata mer med dig om en stund.

Han har inte hunnit säga hela meningen förrän mina kinder står i brand. Jag sätter upp händerna för att svalka dem men också händerna hettar.

– Du behöver inte vara orolig. Han är arrogant men aldrig vid första mötet. I början vill han bli omtyckt så mot dig kommer han att vara varm och vänlig, till och med intagande. Det är inte ovanligt bland dem som når höga maktpositioner att de är mer familjära med främlingar än med dem de känner väl, eller rättare sagt: som känner dem väl. Första gången man träffar honom känns han närmare än efter tio års bekantskap. Det är konstigt. Och ändå inte. Jag tror det är rädslan. Den äter upp människor inifrån.

Näringsministern inger mig inget förtroende så jag bryr mig inte om hans ord. Jag skälver av förväntan.

– Om vad ska statsministern tala med mig?

Näringsministern hejdar sin svada, pannan veckas.

– Om vad som helst.

– Jaså det.

– Ja. Den frågan är outtömlig.

– Jag vet inget om den frågan.

– Du lär dig.

– Statsministern verkar trevlig, säger jag.

– Det går inte att vara trevlig som statsminister. Man får välja. En dag ska jag bli statsminister.

Serveringspersonal börjar göra i ordning för en middag i rummet där vi står. Näringsministern småler och berättar att han hade en kärleksaffär med den ena av de två servitriserna.

– Kan du gissa vilken?

När jag gissar på den lilla tjocka blir han harmsen.

– Det var den långa slanka. Hon var märklig. Ljudlös under akten. När jag frågade varför sa hon att hon var rädd för mig. Hennes röst var så beslöjad att jag glömde fråga hur det kom sig och dränkte henne i kyssar. Jag har själv känt fruktan. När drevet gick fruktade jag, och talade som aldrig förr. Därför fann jag det rörande att hon blev tyst.

Han kliar sig vid näsvingen medan han utforskar mig.

– Är det arab du är?

– Du frågar mycket vad jag är.

– Varför är du inte arab?

– Jag är född sån, oarabisk.

– Jag också. Alla kan inte vara araber.

Vi har rört oss ut genom en dörr och in i ett annat rum, en rotunda.

– Det är här besluten om Sverige fattas. Så gör vi i Sverige. Fattar beslut. Vi tycker det är bra.

– Jag vet att jag är i Sverige.

– Ja, i Sverige, det är där vi är. Trivs du här?

– Gör du?

– Men jag är ju med och styr landet.

– Man kan vantrivas ändå.

– Det har du rätt i, det är just då man vantrivs. I vilket fall är det härifrån demokratin sköts.

Han sveper med armen över salarna. Jag säger:

– Sverige är en parlamentarisk demokrati och en konstitutionell monarki.

– Så är det nog, säger han eftersinnande.

– Innan något beslut fattas går det på remissrunda till berörda parter. I de sexton utskotten behandlas ärendena noggrant av de folkvalda.

– Så noggrant man orkar.

– För grundlagsändring krävs beslut i två riksdagar med val emellan.

– Det kan man inte kringgå.

– Sverige har som första land i världen kognatisk tronföljd. Medan far ror blir han varm. Mor steker så att det osar. När far kommer hem från älskarinnan hittar han ingen ren tröja och slår mor blågul.

– Kognatisk! ropar näringsministern. Jag glömmer alltid det ordet när jag ska använda det. Kognatisk tronföljd! Tack! Jag måste rusa till ett möte.

Han springer iväg och höjer handen till en vänskaplig hälsning.

—

Han har bett mig komma. Jag sitter i soffan på hans rum och väntar på att han ska lägga fram sitt ärende. Något särskilt måste han väl vilja mig. Men det verkar inte så. Han småpratar som till en förtrogen, om utsikten från sitt fönster, om hur det slarvas med städningen i receptionen och berättar att han köpte en mjukglass som rann därför att maskinen inte klarat den ihållande sommarvärmen. Han klappar på skrivbordet och säger namnet på den som gjort det. Jag har inte tänkt på att skrivbord hos statsministern görs av någon. Men han menar inte han som gjort det utan han som ritat det. Vad han som gjort det heter vet han inte.

Hans fingertoppar söker sig fundersamt fram längs hans läppar, han säger:

– Det var fint det där du sa om kampen för tillvaron.

Jag är osäker på om jag förstår vad han säger. De måste ha en annan nivå av svenska här än den jag har nått upp till, vilket inte vore konstigt. Det kan röra sig om okända våningsplan i en till synes vanlig meningsbyggnad.

– Kulturministern är inte särskilt skarp. Det kanske du märkte?

Han ser på mig uppfordrande.

– Hur kan hon då ha blivit kulturminister?

– Hur menar du nu?

Hans förvåning är uppriktig. Min också, vad är det

han inte begriper i min fråga? Allt jag säger tycker dessa människor är konstigt och allt de säger får mig att tro att jag hört fel. När jag säger något jag själv tycker är konstigt förstår de däremot exakt vad jag menar.

– Hon är kulturminister därför att jag utnämnde henne till det.

Han vrider huvudet så att jag åter ser hans intagande profil.

– Det är min styrka som ledare, att jag vet att omge mig med svaga människor och få dem att tro att de är starka.

Här får jag för mig att jag ska visa munterhet. Jag vet inte att man kan säga en sådan sak utan självironi. Jag vet inget om mäktiga män ännu. Men inför hans allvar hinner jag hejda mitt skratt.

Han stöder sig obesvärat mot sitt skrivbord, den ena vristen korsad över den andra, vässande en penna, håller upp spetsen och granskar den, vässar mer. Hans höfter är atletiskt slanka och jag undrar vad det är för sport han utövat. Han påminner mig vagt om någon men jag kommer inte på vem. Det är framförallt glittret i hans ögon som tar mig i besittning. Det känns som att det uppstått bara för mig. Som att det inte funnits tidigare.

– Det finns ett jobb som vaktmästare här, säger han. Det vill jag att du ska ha.

– Tack. Det skulle passa bra.

– Det passar oss också. Vi har ingen som du här. Alla som jobbar här är vita.

– Jag också.

Hans koncentration är något utöver det vanliga. Den är samlad i ögonen, i hur de betraktar. Samtidigt spänns hans läppar. Den energi som strålar från hans ansikte just då skulle övertyga vem som helst om att detta är det viktigaste ögonblicket i hans liv tillsammans med den viktigaste människan.

– På sätt och vis, säger han, men vit betyder något annat än vit. Det finns vit och så finns det »vit». Som du vet.

Huset mittemot gungar i hettan. I en av lägenheterna syns en kvinna som målar. Statsministern dricker vatten ur en flaska och sträcker fram den mot mig. Så minns han att det är för tidigt att dricka ur samma och häller upp i ett glas som han räcker mig.

Från sitt tjänsterum har han utsikt över vattnet.

– Kan man se laxarna hoppa härifrån? frågar jag.

– Laxarna? Laxarna. Nej. De har nog hoppat färdigt.

Han talar om vart jag ska gå för att få passerkort och annat nödvändigt. Jag ska börja redan i morgon.

Jag är glad över mitt nya arbete och utför mina uppgifter snabbt och noggrant. När statsministern kommer har han alltid varma kopior på sitt bord. Nästan dagligen är det en skruv som ska dras åt eller en låda som behöver bytas i hans rum, då tillkallar han mig.

När jag skruvat eller bytt låda ber han mig sitta ner i soffan. Han berättar vad han gjort under dagen, vilka besök han haft och vilka kommunalråd han retat sig på. De utländska statscheferna retar han sig inte lika ofta på. Sedan frågar han vad jag gjort under dagen. Så varierat jag kan berättar jag att jag vattnat krukväxter, kopierat, packat upp papper, handlat vetelängd och kokat kaffe. Vilka jag retat mig på håller jag inne med. För varje dag placerar han sig lite närmare mig. På den femte dagen tar han bort en tejpbit som fastnat på min tröja. Det är en tejpbit jag själv satt dit i hopp om att han skulle sträcka ut handen och ta bort den. Jag har märkt att han gör sådant, viker ut dukar som veckat sig, släpper ner gardiner som fastnat, torkar bort smulor som inte ska ligga där de ligger, ändrar på felaktiga faktautsagor, även obetydliga, tar bort tejpbitar. Han vill ha ordning. Fingrarna som tagit bort tejpen låter han ligga mot tröjan några sekunder.

På den sjätte dagen lägger han handen runt min nacke när vi skrattar åt något tillsammans. På den sjunde frågar han vad jag använder för schampo och känner på mitt hår. Så mjukt, säger han och lutar sig fram för att lukta.

– Det doftar äpple, kanel och vanilj.

På eftermiddagen den dagen bjuder han mig på apfelstrudel med vaniljsås i sitt rum. Strudeln är färsk och med perfekt skiktning i smördegen, exakt rätt fuktighet i innandömet. Vaniljsåsen är mjuk och fluffig som mina knän.

Han sitter intill mig. Han frågar hur man bakar en apfelstrudel, hur man får den så spröd. Jag förklarar och säger att det finns en variant på detta bakverk där jag kommer ifrån som jag bakade varje dag och alltid sålde slut. Sedan för han handen längs min skuldra och kysser mig, sakta först och sedan häftigare. Mitt i kyssen rycker han till – rycker liksom åt sig sig själv som om han slitits itu. Han sätter sig rak i soffan, ordnar till slipsen och skjortärmarna och säger:

– Vilken bra svenska du talar.

Han tittar rakt fram. Där finns en vägg med en anslagstavla. Du också, tänker jag. Din mun fylls på något sätt av barr när du talar detta lilla, vackra men inte oumbärliga språk. Han säger:

– Jag ska lära upp dig så att du får ett felfritt idiom.

Förödmjukelse kan vara en kork i halsen, ett vårdslöst tillfogat sticksår på trånaden. Vad den än är upptar den hela kroppsytan. Jag beger mig ut mot min kopiator, min inkommande post, mina glödlampor – fast besluten att aldrig återvända till det där rummet.

En timme senare går jag tillbaka med en alldeles onödig, alldeles varm kopia. Han tar emot den med tacksamma händer och vi gör om det utan att fly. Sedan igen och igen varje dag.

Lyckan är behändig. Man går omkring och bär på den och blir lättare av bördan. Tappar man den tyngs man ner. Jag är mycket lätt nu.

Vi åker i en lång bil, över en bro ovan vattnets ettriga små fjäll, in bland lindarna. Vi ska till slottet på inofficiellt besök. Jag följer med som assistent.

Kungen läser en bok om järnframställning när vi kommer och stoppar in ett bokmärke av mässing med monogram i toppen.

– En fantastiskt intressant bok, säger han.

Han erbjuder oss att bläddra i den. När vi tar plats i ett av rummen bjuder kungen på praliner. Den ena efter den andra pralinen slinker ner i mig. Kungen tittar lite vid sidan av mig och säger:

– Vad rart med någon som följer sina lustar.

I slotten kan de bättre än i kojorna konsten att ge kritik så att den kritiserade tror sig ha fått en spännande själsegenskap utpekad för sig. Jag trodde att hela skålen stod till vårt förfogande. Jag trodde inte det märktes att jag åt. Jag kände mig osynlig i de ändlösa salarna.

Statsministern sitter intryckt i ett hörn som vore han underställd kungen i rang. Kungen tänder smala cigaretter och återger ett besök på en marmeladfabrik. Marmeladen framställdes utan kokning.

– Jag är intresserad av lite av varje, säger han.

– Vad var det för frukter marmeladen gjordes av, frågar jag.

– Alla möjliga. En del hade jag aldrig hört namnet på, från fjärran länder. Det var fascinerande att se hur man gör marmelad. Detta kan jag varmt rekommendera att ni tar en titt på om tillfället yppar sig. Roligt att se olika sidor av livet.

När kungen lämnar rummet en stund tar jag statsministerns hand i min. Till min förfäran vrider den sig som en plågad mask. Kanske är det opassande här? Övergivenheten sticker genast sina giftdoppade nålar i mig.

Kungen kommer tillbaka nynnande på en folkvisa och säger att han skulle vilja berätta historien om Gustav den tredjes liv och gärning. Han vänder sig mot mig:

– Det kan vara bra för dig som kommer utifrån att få veta lite om vårt lands historia. Låt mig berätta om kung Gustav med nummer tre, en släkting till mig. Så här går historien om honom: »Han hade ett brinnande teaterintresse».

Vi väntar på att historien ska fortsätta men kungen försjunker i tankar. Då snuddar statsministern hastigt och försonande med pekfingret vid mitt lillfinger. Det behövs inte mer. Jag är lycklig igen.

– Jag kan berätta en om Gustaf den femte också om ni tyckte den förra var kort, säger kungen. Den är ännu kortare. Den går så här: »Sardiner. Tie-break». Ett lands samtid och dåtid ryms ofta i ett par ord. Den femtes historia är mer sinnrik än den tredjes eftersom man friktionslöst kan berätta den baklänges. »Tie-break. Sardiner». Men det blir meningslöst att säga: »Teaterintresse brinnande ett hade han».

Inget kan vara så tyst som ett tyst slott.

– En palindromsaga, säger statsministern mot tystnaden.

Kungen ser på oss med ögon tomma som tio monarker.

– Det känns skönt att få prata lite. Om släkten. Min fru är trött på att höra om min släkt men ni två verkar inte uttråkade.

– Gustav den tredje är inte släkt med dig, säger statsministern.

Han står inte ut med sakfel, oavsett hur obetydliga. Att rätta till dem är en drift han inte kan hejda fast han vet att den förstör alla samkväm.

Kungens lekamen spänns och han vänder stelt sin uppmärksamhet mot mig.

– Du förstår vad jag säger, för du och jag delar samma öde. Du som är hitkommen i första led, och jag som är det i femte men också i andra tack vare min mor. Vår statsminister är duglig men har en helsvensk uppfattning om vad en släkt är. För dem är det något snävt avgränsat. Du och jag vet att släkt är man med nästan alla. Vi är på ett annat sätt vivörer och lebemän vi där nerifrån. Så det är klart att jag är släkt med Gustav den tredje, på det kontinentala sättet är jag det. Förtryck svetsar människor samman.

Han nickar inkluderande mot mig. En så lång monolog har kanske inte utgått från kungen på många år. Han blir medveten om sig själv och obekväm men också sporrad att fortsätta tala. Han ler inåtvänt och tar sats.

– Nu ska jag berätta ännu en saga om en annan

kung. Men i ett land långt borta. Vi kan tänka oss att det är Rumänien. Rumänien tänker jag mig som något svart. Nu börjar jag berätta. Det var en gång en prins. Han var ofta glad i hatten samt idrottsintresserad. Det var bågskyttetävlingar nära Hitlers ölhall men det var bara en slump ty Hitler var död sedan länge. Nej, förresten, det var en annan historia. Hitler hade ingen ölhall i Rumänien. Jag tänkte fel. Hursomhelst, när segerpilen avlossades kom en kvinna fram till prinsen med en bricka cornichoner. Han blev skakig i kroppen och såg inte var pilen träffade. Han började tala osammanhängande men kvinnan var stadig på rösten och sa: det var mitt i prick, jag vet ett ställe i skogen. De gick dit, de la sig på marken. Prinsen hade brett ut sin kavaj under kvinnan där det fanns kottar och ojämna rötter. Kvinnan fick blåmärken, kottarna tryckte längs hela hennes bakdel. Hon bet ihop och inget ljud slapp ur henne. Hon tänkte på slotten, pärlorna, sidenklänningarna. Det var värt en öm rygg och några ovarsamma höftrörelser, tänkte hon och prinsen visste att det var det hon tänkte för han var inte så dum som alla trodde utan tvärtom ganska observant. Han visste framförallt att dra nytta av sin börd och struntade i hennes tankar; han ville ha en fru och det var henne han ville ha. De två var i skogen och solen bröt fram mellan träden. Med tio ojämnt placerade blåmärken på rygg och skinka reste sig den blivande drottningen av … Rumänien och stänkte parfym på sitt underliv. Prinsen sov redan, trodde hon, rufsig i håret. Kvinnan hade varit med om bättre men vägde pro mot con. Över könet la hon hans kavaj och smög sig så tillbaka genom skogen till brickorna med gurka. Hennes lust hade väckts men inte stillats. Att stilla den hade inte prinsen haft en tanke på. Hon frågade senare varför. Han visste inte vad han skulle svara men var ganska snabbtänkt och fann snart ett både bra och giltigt svar. Han förklarade att hans handled sedan barndomen varit inflammerad av vinkrörelserna han måste utföra. För att klara handen det kungliga livet ut hade han tidigt bett att få en stålskena med gångjärn inopererad och ville nu inte med onödiga vridningar utmatta stålet som var både svenskt och hårt. Kvinnan godtog med förtjusning förklaringen och följde honom hem till slottet. I Rumänien.

Kungen slutar berättelsen utan åthävor och utan att vänta på reaktioner. Han reser sig och leder oss in i ett annat rum där vi ska äta middag. Till varmrätt får vi potatisgratäng och sadel, till efterrätt glass med krossad choklad. Kungen har mätt paketet med linjal och skurit tre delar. Vid kaffet vänder sig kungen mot mig:

– Du som lever i världen, som vet vad som rör sig i landet, som känner människorna, du som går bland buskagen och ser vad de kastat där, du som handlar korven och äter mjölkchokladen med vita ålderskanter inköpt på bensinmack, du som vet vilken sorts tugggummipapper som ligger i rännstenen, som känner lukten av tiggarna, du som fyller i räkningar och undrar vad dina barn ska få för framtid, vad säger du, borde jag abdikera?

– Du får göra som du vill, säger jag och tittar djupt i koppen.

– Vad gör jag för fel?

– Jag vet inget om detta.

– Men du vet vad folket tänker.

– Vad tänker du själv? säger statsministern.

Kungen har blivit dyster av att föra detta ämne på tal. Han tittar stint på mig fast det är statsministern han talar till.

– Vad jag tänker? Jag tänker på en massa saker. Jag tänker på att jag ska till Slovakien i morgon med min fru. Vi ska inviga saker. Men jag tänker också på att jag inte vet om ni kommer att ordna bostad åt mig om ni gör er av med mig. I så fall vill jag ha en åt mig själv och en annan åt min fru. Jag vore tacksam om ni gav mig vissa garantier. Man kan inte bara ta ifrån folk deras jobb och kasta ut dem på gatan. Men jag tänker också på andra saker, jag tänker på att jag inte står ut med Bamse sedan han fick barn, det tänker jag på, och Lille Skutt fick barn och Katten Jansson och det skulle inte förvåna mig om Husmusen blir på smällen snart också. Jag menar att det finns vissa oskrivna regler. Som upphovsman har man ett ansvar. Skalman är den ende som förblivit intakt. Han har aldrig lyckats träffa någon kvinna som står ut med hans excentriskhet. Skalman har en integritet vi alla kan lära något av.

Hans röst dör bort. Jag har ätit för mycket och kläderna känns små. Statsministern lägger handen på mitt knä under bordet.

Kungen tar åter till orda:

– Vi är avskilda från vårt eget land. Du, Fatima, är hos oss för att hjälpa oss, statsministern och mig. Vad tänker folket?

– Var är drottningen i dag? frågar statsministern nervöst.

– Hon sitter ju där i hörnet. Hon är missnöjd som vanligt för hon vill ha knödel till middag. Det är mat för proletärer, säger jag till henne. Östeuropeiska proletärer dessutom.

– Ja, titta där sitter hon ju! Drottningen virkar. Vad virkar hon?

– Hon virkar en baddräkt, säger kungen.

– En baddräkt. Med glesa maskor?

– Som du ser är hennes virknål grov.

Kungen fingrar på ett saltkar. Statsministern säger:

– Visste ni att det fanns en tid då tjeckiska flickor som gifte sig med tyska män i Tredje riket måste skicka ett foto av sig själva nakna för att giftermålet skulle godkännas. Men en man med hög moral på inrikesministeriet hade modet att ändra detta så att de i stället hade att skicka in ett foto av sig själva i baddräkt. Jag tror han hette Glauke. Och även om han inte gjorde det kan vi kalla honom Glauke. Jag ser herr Glaukes initiativ som ett vackert försök att dra sitt strå till stacken för en bättre värld. Jag skulle vilja att Sveriges skolelever hade en särskilt temadag om herr

Glauke och hans initiativ, där de lär sig reflektera humanistiskt med utgångspunkt i detta exempel. Glaukedagen kunde den kallas och ambitionen vore att de lär sig att se storheten i den lilla motståndshandlingen.

– Glauke, säger kungen, hans namn låter kraftfullt. Sades det något om hur stora maskorna i dessa tjeckiska baddräkter skulle vara?

– Jag tror att det stod var och en fritt.

– Det kanske var friare än man tror där. Det är så lite vi egentligen vet. Fatima som bor bland folket vet.

– Jag vet inget. Ni däremot som var integrerade redan i livmodern vet.

– Det är jag som är segregerad, säger kungen. Från folket.

– Nej, jag, säger statsministern.

– När man befinner sig i massan märker man inte att den är massa, säger jag. Bara långt uppifrån ser den massig ut.

– Jag har inga massteorier, säger statsministern. Det hade Hitler. Då kan inte jag ha det.

Jag drar kopior, sorterar brev, handlar vetelängd – tårta om det finns något att fira. Då vill de att jag köper en med frukt på och en med godis. Grädden är inte äkta och bottnarna har för mycket potatismjöl men de anställda vill ha tårtorna från just det konditoriet. Jag nämner aldrig att de är undermåliga, det kunde ses som ett angrepp på deras smaklökar och jag vill inte skryta med mitt yrkeskunnande.

Om kvällarna förs jag med folkströmmen nerför och uppför rulltrapporna. Mina steg blir tyngre ju närmare hemmet jag kommer. På slutet stannar jag på var och varannan trappavsats för att uppskjuta ögonblicket då jag måste stiga in i lägenheten. Ali krymper rent fysiskt för var dag och kan inte möta min blick – som om det var han som gjorde fel. Han har börjat anstränga sig och har maten färdig när jag kommer hem, stänger av Rapportsändningen mitt i och frågar om jag vill hitta på något roligt. Han omfamnar mig när vi ligger och tar min hand innan han somnar. Ibland inleder han samtal, vilket han inte gjort på åratal. Jag öppnar munnen för att konversera men orden är slut. Det är för sent. Det har nötts ner och dött. Vi sitter som statyer i varsin stol och är artiga mot varandra. Min längtan är en oavlåtlig växtvärk. Efter en tid börjar Ali ta hem en bekant som han aldrig förr brytt sig om. Mannen äter middag med oss och sedan spelar de kort. När han vill gå ber Ali honom att stanna en stund till för att slippa vara ensam med mig, och jag inser att jag inte bara kan lämna honom själsligen utan att jag också måste flytta ut.

– Du kommer aldrig att lämna mig, inte i ett främmande land, säger han en kväll och stirrar ut i luften.

– Alla länder är en främling i mig men jag är inte en främling i dem, säger jag, stirrande ut i samma luft.

– Gör dig inte märkvärdig, säger han.

Statsministern kommer tillbaka från sin långa resa och lägger handen på min arm och smeker den varsamt. Det bränner längs armen resten av dagen. Han har varit på statsbesök på andra sidan jordklotet. Han uttalar det staaatsbesök. Där äter han staaatsmiddagar. Ingen annan i landet uttalar förledet stats- med så långa vokaler som han. När jag frågar varför svarar han att alla hans föregångare på posten har uttalat ordet precis så. Jag frågar varför bara statsministrar uttalar ordet med lång vokal. Han byter ämne som han gör när han inte riktigt förstått och inte orkar ta reda på vad det är han inte förstått.

Han vill berätta om resan. Han lägger mitt huvud i sitt knä och låter ett finger vila på min näsrygg. Han berättar med ett gravallvar som ger mig lite lust att skratta.

– Vi åkte på breda motorvägar. Inga andra bilar syntes, vi var ensamma på vägen, mil efter mil. Och inga diken vid sidan. Trots att nästan inga bilar fanns var trafikpoliserna fler än här. De hade färgglada vackra kläder och stod stolta på refugerna och gestikulerade. Vi bjöds på ris. Mycket och gott ris. Vitt ris, grått ris, klibbigt ris. Vi såg av misstag en by där skelettet trängde ut hur huden, människornas hud. Ledaren sa att de led av risallergi. »En hel by?» sa jag för jag var givetvis misstänksam mot alla hans uttalanden som man måste vara i länder som hans. »Är det smittsamt?» frågade jag och höll mig på avstånd från de magra. Han svarade nej. Jag talade om mänskliga rättigheter.

När han inget sa i pauserna jag gjorde för att han skulle infoga något, berättade jag att vi kallade dem »MR-frågor» för att det gick snabbare att säga än mänskliga rättigheter. »Det är samma sorts effektiviseringstänkande som möjliggjort västvärldens enastående framsteg», förklarade jag. Ledaren lyssnade och rökte. Hans overall var beige. En vacker kvinna gav honom massage på axlarna. Han sa att MR var något de praktiserat länge i hans land. »Då så», sa jag men var inte övertygad, kanske försökte han lura mig med språkets hjälp och avsåg i själva verket missilramper? »Men vi kan knappast förbjuda människor att ha risallergi», fortsatte han. »Vi hittar inget botemedel mot det. Ingen har hittat något botemedel mot risallergi, inte ens USA med sina framstående vetenskapsmän». »Forskningen går hela tiden framåt», sa jag. Han var så lugn och samlad att jag kände mig som en skolpojke med skallrande tänder. Jag har alltid beundrat den där avmätta mentaliteten. Jag önskar jag vore sån. De människor som inte säger för mycket är de starkaste. Vi åkte åter på de breda motorvägarna, femtio meter breda och åtta filer, kanske tio. Inte en tjälspricka syntes. Vi for i hög fart. Jag kände mig lätt av allt ris. Jag såg inga människor förutom trafikpoliserna. Det gjorde mig klentrogen. Jag frågade var alla människor var. Ledaren svarade att de var hemma med sina familjer. Familjen var viktig i hans land. Just det påståendet fann jag ingen anledning att betvivla. Inte heller när han sa att hela landet var en enda familj. Han har rätt till sin tolkning och sitt danande av sitt folk. Vi väjde för en grävling. Sedan besåg vi ett högt torn. Det var byggt till den förre ledarens sjuttioårsdag och hade lika många stenar som dagar ledaren hade levt. 70 gånger 365 plus alla skottdagar. Han blev exakt sjuttio år, dog på sin sjuttioårsdag. Det var ett högt och vackert torn i slät porfyr. Jag frågade den nuvarande ledaren om han också skulle få ett sådant så småningom. Han svarade att han skulle få ett med lika många stenar som antalet sekunder han levt. Stenarna skulle vara av rubin och diamant. Han frågade hur mitt torn skulle se ut. Jag förklarade att jag nog får nöja mig med en gobeläng av trasmattor på ett bibliotek i min hemkommun. Jag blev spänd av hans allvar. Det är för att min mor och far var av låg börd som jag inte finner mig så väl till rätta i dessa sammanhang som jag skulle önska. När jag står där med mitt glas tänker jag: »Hur har jag hamnat här? Nog måste det väl finnas någon annan i landet som är högre än jag, som bestämmer mer, i kraft av att han vet hur besluten ska fattas för att bli rätt. För hur ska en vanlig människa veta det?» Det här bekänner jag bara för dig, Fatima. Det får aldrig komma utanför dessa väggar. Jag antar att du känner samma vilsenhet i mina korridorer som jag i salongerna med världens ledare. Så det blev aldrig av att fråga om kärnvapnen. Det var som att jag satt fast i ett nät han kastat ut över mig. Öppnade jag munnen för att säga något om kärnvapnen fick jag inte luft. Han stal luften från mig. En eftermiddag bjöd han på sockerkaka gjord på ris. Och jag måste fråga dig, du som har varit i den branschen, kan man göra sockerkaka av ris? Mitt hår är platt och mina naglar vitprickiga. De håller på att ramla av. Jag måste ha fått vitaminbrist av den ensidiga födan. Tänk om jag har blivit risallergiker! I så fall dör jag snart. Vi måste passa på att leva du och jag medan tid är.

Han omfamnar mig häftigt. Hans händer rör sig över mitt ansikte. I tystnaden som följer inser han att han avgett ömhetsbetygelser. Då gör han sig fyra meter lång och talar till en folkmassa:

– Men det viktiga var att vi hade bra samtal. Liberala samtal. Om brännande frågor.

Så lyfter han bort mitt huvud och reser sig.

– Jag måste arbeta.

Han ser ut som att vi aldrig haft med varandra att göra. Skiftet sker på ett par sekunder.

– Jag har ett helt land att sköta, du bara några korridorer i detta land. Jag förringar inte ditt arbete men det är skillnad. Nu måste jag arbeta.

– Ett land är bara några korridorer, säger jag och knäpper min blus.

Han ser min missräkning och tycker inte om den. I missräkning finns ett krav och ett närhetsanspråk. Det tolererar inte han.

– Ett land är ett land. En korridor en korridor. Vad menar du?

– För att sköta ett land måste man vara så långt ifrån det att det blir som några korridorer. Några korridorer däremot är man så nära att de blir större än ett land om man beaktar detaljerna. Korridorerna blir som universum självt. Det här rummet är polstjärnan.

– Du menar att jag är polstjärnan?

Jag önskar att jag sluppit se belåtenheten i hans ansikte.

– Nej, du är Jupiter med sina sexton månar, sin långa omloppstid och låga densitet. Det är du. Och jag tycker om allt det.

– Om jag är något på stjärnhimlen så är det solen, säger han med ett tonfall som om han inför väljarkåren konstaterade ett länge bortglömt faktum; ett torrt och odramatiskt faktum som förtjänar att dammas av och tas till heders igen.

Men ändå är det glädjen som rusar i mig; smärre fläckar på karaktären måste man acceptera. Jag ser ibland när han ler att ögonen inte hänger ihop med munnen. Det är ett illavarslande tecken. Men jag bortser från alla tecken. Kärleken är dum och trög. Mina tankar är så upptagna av vår samvaro att jag snart inte vet vad som har hänt och vad jag önskar skulle hända. Jag skriver upp hans direktnummer, det som bara några få personer i världen känner till, och ger lappen till min syster utan att tala om vem numret går till. Jag säger till henne att om jag hastigt skulle avlida eller på annat sätt bli oförmögen, så ska hon ringa det numret och berätta för den som svarar vad som hänt, så att den personen inte tror att jag svikit. Min syster lovar att göra det och att inte undra.

—

Det regnar varma augustiregn och vi ses på hans rum. Det blåser i träden och vi går längs kajerna. Det skummar om vattnet och vi möts i famntag utan andning. Samtidigt händer underliga saker i landet. Några människor vill ha en annan ordning och marscherar mot slottet på vars väggar de skriver slagord och målar med röd och grön färg. Det strejkas och demonstreras och var och en intar sina bestämda platser i kolumner och samtalsaftnar. Febern råder bara på två kvadratkilometer av landets yta men det är de viktigaste kvadratkilometerna. Revolutionärer från förr får vittring och ger sig ut på stan med gamla bokstäver på nytryckta flygblad. Kungafamiljen evakueras till Öland. Ändå missar statsministern aldrig våra möten på hans rum. Så har ingen förut strålat mot mig. Jag drar fler kopior än nånsin, köper kilovis med vetelängder, tårtor och smörgåsar till alla regeringens sammanträden om missnöjet. Det eskalerar lite till och inom kort förklarar sig Washington vara missnöjt med utvecklingen i det lilla landet. Det finns ett traktat som reglerar användningen av kemiska substanser, säger de. Det har Sverige skrivit på men efterlever det inte: det är olagliga gifter i den där målarfärgen. Så uttrycker de sig eftersom det är en demokrati de talar med och de därför inte rakt på sak kan diktera hur inre angelägenheter bör skötas, förklarar statsministern för mig medan han klär av mig. Han måste åka till Washington och diskutera målarfärger. Han kysser min kind och mina ögonlock.

– De har rätt, säger han. Stadgar, resolutioner och traktater är monument över hoppet, över tron på människan. Jag vill att du följer med.

– Men jag tycker inte om presidenten.

– Tror du att jag gör det?

– Då åker vi inte, säger jag och trycker på hans mjuka näsa som man kan böja på lustiga sätt.

– Det är bra med moral men man kan inte låta sin inre röst styra ens liv. Lyssnar man för uppmärksamt kommer man ingenstans. Du ska med till Washington. Vi behöver en regnbågsfärgad delegation, särskilt där är det viktigt. De var en smältdegel förut men nu har de visst blivit en sallad. Deras vördade konstitution var förut elden men är nu dressingen.

Jag ser hur de små musklerna runt hans seniga armbåge rör sig när han skriver ner något på ett papper.

Nedanför oss kastar en fiskare i galon ut sin lina. På kajen står en man med ett staffli och målar vyn med fiskaren. Bakom honom tar en turist ett foto av de två. Statsministern lägger handflatan på min rygg och hans läppar rör vid min hud där den är som tunnast.

– Vi åker till Philadelphia i stället, säger jag.

– Presidenten är inte i Philadelphia.

– Just därför.

– Vi måste ha mångfalden du ger annars klagar de på det också.

– Låt dem klaga.

– Lägg dig i regeringssolariet i några dar. Du är vitare än jag.

– Det är för att jag är likblek av chock över att du är så beräknande.

– Det var jätteroligt sagt.

– Men du skrattar inte.

– Nej, men jag konstaterar att det var roligt. Skratt är otäckt. Skratt kan användas på hemska sätt, hör bara näringsministerns desperata skratt. Jag skrattar sällan men uppskattar ett gott skämt. Jag lägger skrattet i en liten låda inne i mig. När jag pensioneras ska jag ta mig tid, öppna lådan och börja skratta.

Han sätter lekfullt pekfingret mellan mina ögonbryn. Av hans min går det inte att avgöra vad han avser med sina ord. Han säger ofta en sak med orden och en annan med kroppen. Med det skapar han osäkerhet och förvirring i omgivningen. Vinden tar i och det virvlar förbi skräp och papper. Rutorna skallrar. Ett par gånger knackar det på dörren och ringer i telefonen utan att han rör sig. Landets statsminister får inte göra så under en kris, nej inte heller när det saknas en kris. Det är omskakande att han gör det ändå, med mig.

När regnet upphört går vi nerför en trappa. Räcket är rostigt och i vätan fäster små rostflagor i handflatan. Han tar min hand och kysser försiktigt bort allt som fastnat. Hans läppar är kärleksfulla på ett sätt som jag anar kommer att förändra mig för alltid. Jag står och ser hans skyddslösa nacke böjd över handen.

– Berätta om när du var barn, säger jag.

Han är tyst länge innan han säger:

– När jag var barn väntade jag på något och var mycket koncentrerad på det. Vad jag väntade på visste jag inte, mer än att det skulle omdana allt. Som barn blev jag ifrån mig när jag märkte att jag inte förstod det som andra förstod. Jag kunde märka det på olika sätt. Någon kunde påstå en sak i förbigående, i en bisats. Jag fick panikattacker, gråten i halsen och värk i struphuvudet, för jag förstod att den bisatsen krävde ett helt fält av kunskaper som jag saknade. Jag stod inte ut med att vara sekunda, en i mängden. Men jag betraktade tingen och människorna som oföränderliga och drog slutsatsen att jag var ohjälpligt sämre än dem som visste det jag inte visste. Och jag var hellre död än på efterkälken. Att vara död tycktes mig som en påtagligare existens än att vara obemärkt. Jag var så rädd för livet. Nej, jag vet inte vad jag ska säga för jag minns inget från min barndom. Det är bättre att du berättar något, du talar aldrig om vem du är.

– Jag har inte svaret på frågan vem jag är.

– Säger man så vet man en hel del om det. Berätta något annat då, vad du gör när dagen gryr.

– När jag går ut stänger jag alltid av kaffebryggaren och radion för man vet aldrig om man kommer tillbaka ens från den kortaste promenad. De andra i huset ska inte lida av min försummelse om det händer mig något på vägen hem, tänker jag.

Han vänder sig bort. Han får mig att förstå att jag sagt något dumt.

– Du vet väl att människorna avskyr varandras förträfflighet och högaktar varandras oförmåga?

Hans leende står på vid gavel. Det är så opassande i denna stund, nästan otäckt. Likväl skiner hans anlete. Och då förstår jag. När orden motsägs av kroppen är det hans skydd. Han är rädd att hans aggressivitet ska märkas. Ibland gör han tvärtom: vad han öppnat med orden stänger han med blicken eller en armrörelse.

Värmen från hans hand blir som en blyinfattning runt min. Men kärleken jag ger honom kommer att göra honom hel till slut, tänker jag.

Han säger:

– Det du just beskrev visar att du är bekännande existentialist. Det är bra. Det är jag också. Existentialismen har starka rötter i dina hemtrakter. Det var i Algeriet Camus lät Mersault döda en arab. Det var ett obegripligt mord. Jag förstod aldrig om det hade att göra med att han fick solsting på stranden. Jag minns att han svettades. Det rann ner i ögonen. Araben var inte som en mänsklig varelse för honom. Han beskrev dem faktiskt oerhört nedlåtande. Så ser vi inte på människor av annat ursprung längre, som han gör i den boken. Till och med en stor man som Camus! Betyder det att människans kollektiva utveckling över tid, mot en mer förfinad sort med ädlare avsikter och åsikter, är så stark att den överskuggar individuella skillnader i samma, mer efterblivna, tid? För han var ju en av de skarpaste tänkarna i sin tid. Har vi alltså mer gemensamt med dem vi lever samtidigt med, även tölpar och fårskallar, än dem vi liknar till psyke och intellekt men som levde i en annan tid? Vad tror du, Fatima?

En morgon går vi ombord på planet till Washington. Sätena är sköna och det finns till och med sängar ombord. När menyn kommer tror jag först att man ska välja en av rätterna men man får äta av allt om man vill. Jag tar två huvudrätter, en med jätteräkor och en med kyckling, och två efterrätter, glass i kolasås och rulltårta med grädde. När vi kommer fram är jag proppmätt. En kommitté möter oss. Sedan åker vi i svarta bilar tills vi kommer fram till en grind.

Det luktar redan höst. Jag ser ut över det vidsträckta området. Det har en sky av dimma över sig. Att de låtit det vara så öppet, tänker jag. Det är sådant som ändrar historien, tillgången till rätt sorts platser. Historien har ingen hjärna men ges en efteråt, samtidigt får den kropp. Ande har den redan som liten samtid. Samtiden växer upp och blir historia. Grundlagsfäderna tänkte på allt utom vida platser, det viktigaste om man vill skydda sig mot sitt folks nycker. Det mesta de nedtecknade tyder på att de ville det.

Jag står nu utanför denna grind i smide. Jag. Jag som är den enda på jorden som är jag. Höst luktar det och svett är gräset, över gräset dimman.

– Vem är du, frågar en vakt och stoppar mig. De andra har kommit igenom och gått lite före. Vakten står med papper och blanketter som ska fyllas i.

– Tillhör du den svenska delegationen?

– Ja.

– Du är alltså svensk?

Han står med pennan höjd och hans blick går från mig till blankettens kolumner.

– På något sätt ja. Här är jag nog det.

– På något sätt? Det är inget relativt begrepp. Vi måste veta din exakta härkomst för att fastställa fördelningen bland de besökande. Det är federal lag.

– Vad tillhör du för folk?

Hans ton har blivit kort.

– Jag har inget folk.

Han blir irriterad.

– Jag ska bara fylla i en ruta så får du passera, bara en ruta så är vi klara. Var snäll och samarbeta. Vad har du för ras?

– Jag har ingen ras.

– Då måste jag tyvärr avvisa dig. Här har alla en ras. Det är krav på det.

De andra i delegationen rör sig allt längre ifrån mig, jag vill hinna ikapp dem.

– Jag är berber.

Hans ögon glider upp och ner längst listan. Andra skyndar till. Alla är hjälpsamma och artiga. Den svenska delegationen vänder sig om och undrar vad som pågår, de fryser i tunna sommarrockar. En ny vakt kommer fram och frågar vad som är på tok. Han talar lugnande till mig.

– Vi ska ordna det här. Vi hittar snart en tillhörighet för dig. Vi måste vara extra noga med raserna nu, särskilt sedan de inte längre finns.

Men de hittar inte min sort i sina papper och då frågar jag om det bland vakterna finns någon fotbollsintresserad. En slätrakad man anmäler sig. Hans föräldrar kom från Torino till New York på 50-talet. Det kunde inte bli lämpligare. Så fast det bär mig emot säger jag att samma blod flyter i mina ådror som i Zinedine Zidanes. Den slätrakade faller på knä och kupar händerna runt mina vrister, kysser min sko och ur hans mun strömmar italienska som av ett mirakel. Han har inte talat italienska på fyrtio år, berättar han. Alla välkomnar mig som en jämlike och bereder väg. Ingen låtsas om att Zidane lämnade Juventus för flera år sedan.

Jag får nya påkostade kläder för att se snygg ut, representabel. Jag tycker mycket om de figursydda kläderna, de motsvarar bättre mitt inre. Vi går i Rosenträdgården. Presidenten, hans fru, statsministern och jag.

– Vem är du egentligen? frågar de mig nyfiket men välvilligt.

Inte heller nu har jag ett svar. Jag skulle vilja säga att jag undrar detsamma men kommentaren tycks mig banal i de här omgivningarna. Statsministern svarar i mitt ställe:

Hon är min högra hand.
– Och han är min handske, säger jag.

Presidenten och hans hustru ser undrande på varandra och på oss.

– Titta en humla, ropar statsministern och pekar. Man glömmer hur mycket man saknar dem på vintern, humlorna.

Presidentparet ser ut som om de betraktade en välkomstrit som ett exotiskt land ägnat just dem; de förväntar sig inte att förstå men bidrar åtminstone med att se aktivt konsternerade ut.

Våra fyra par skor har alla olika läten mot stenbeläggningen. Jag går i Rosenträdgården, i Rosenträdgården. Det var inte svårare än så här att ta sig hit. Väl här ifrågasätter ingen om man har det som krävs för att vara här. Vad krävs? Bara att man tar sig hit.

Presidenten har händerna i kavajfickorna, statsministern har sina på ryggen. De två går framför, jag går bakom bredvid första damen vars armbågar står i nittio grader. Det är så man ska hålla armarna, tryckta mot kroppen så att man är oförmögen att företa sig något med händerna. För första gången går det upp för mig att det är kvinna jag är. Tidigare har jag burit detta faktum som jag bär mina öron genom tillvaron.

Jag vill prata med männen framför oss men det är inte tänkt så. När jag såg sådant här på tv undrade jag alltid vad de sa till varandra, de två damerna som gick med huvudena tätt ihop bakom de två männen.

I Rosenträdgården händer inte mycket, vi bara går

runt runt. Så jag passar på att tänka ut vad de sa.

R: det är fint väder.

N: vi har ofta fint väder. men ni har också väder där borta?

R: ja vi har väder ibland.

N: kanske nästan lika fint som vårt. jag tycker om dina klädda knappar.

R: de är gula. en neutral färg. en politiskt neutral färg. inte som rött.

N: varför är er färg röd?

R: blodet som flutit, allt lidande hos massorna.

N: jag menar i ansiktet. varför är ert folk så rött i ansiktet.

R: därför att vi är glada och upprymda.

N: kycklingar är gula som dina knappar. kyckling är ett djur som äts av alla religioner.

R: utom vegetarianismen.

N: religioner.

R: jag är inte religiös.

N: beror det på hjärntvätten?

R: ja.

N: jag har stark intuition.

R: det tror jag.

N: kvinnor i väst har ofta det. varför hoppar ni inte av hit ni och er man?

R: det kunde vara en tanke. eller också kommer ni över till oss. jag läser Adamov just nu. han är intressant. jag växelläser honom med Pound, som har väldigt höga tankar om sig själv.

N: det är bara fattiga människor som tänker på och talar om pengar. vår valuta är dollar, inte pound. den är starkast, dollarn. vad heter er valuta?

R: Adamov ser allt från två håll. samtidigt är han en fin utopist. en av våra största.

Jag blir avbruten i mina tankar av att första damen talar till mig. Hon berättar om ett kakrecept utan fett. Hon frågar om jag har något svenskt recept att ge henne. Jag tror ofta att folk menar precis det som de säger och tänker nu att första damen verkligen vill ha ett svenskt kakrecept. Så jag ropar på statsministern för att fråga hur man gör vaniljhorn. Jag säger att jag skulle kunna ge henne många kakrecept från mina hemtrakter eftersom jag är sockerbagare till professionen men de svenska recepten har jag tyvärr inte lärt mig. De två männen talar om bevattningssystem. Statsministern vänder sig ett halvt varv mitt i en mening och ett ord blir hängande vid mungipan. Första damen ber dem om ursäkt och ser strängt på mig.

– De för viktiga samtal.

– Den som fick göra det ändå, säger jag.

Hon blir rödfläckig på halsen men disciplinerar ilskan från att nå ansiktet och misspryda det. Det är ett litet ansikte som en gång måste ha varit vackert och slätt på naturlig väg. Mitt är större och grövre. Jag bestämmer mig för att under min vistelse försöka skönja ärren i hennes hårbotten. Någonstans måste de ju placeras. På så sätt har även jag ett uppdrag och får mindre långtråkigt när ledarna för viktiga samtal.

Jag går fram till statsministern och rör vid hans skinka.

– Vi går till hotellet, säger jag. Jag kan inte vänta.

Första damen trampar snett och skriker till. Presidenten säger i en och samma utandning att han inte tillhör den kristna högern annat än i nödfall och alltså i princip bejakar kärlekens kroppsliga uttryck mellan man och kvinna såsom de sett ut sedan Adam och Eva. Ängsligt känner han efter att håret ligger rätt. Det gör det alltid eftersom det är så stelt att det inte kan röra sig i vinden – en förutsättning för att bli vald. Fumligt lägger han armen runt sin hustrus midja och klämmer till. Hon stöter honom ifrån sig och fräser:

– Jag har ju just ätit!

Första damens blå ådror reser sig ur skinnet. Hon vilar hela kvällen med ispåse både på foten och huvudet.

Lite senare tar vi en drink i en vrå av hotellbaren. Statsministern ritar figurer på mitt lår med fingret. Han tittar på mig under lugg fast han inte har någon.

– Vad ritar du? frågar jag.

– Jag skriver våra namn. Nu ritar jag vårt hus.

Det går en darrning genom mig – han tänker sig en framtid med mig. Hans finger gör allt större, allt vårdslösare rörelser tills han plötsligt upphör och ser på mig som på en främling.

Jag börjar bli van vid klyvningen. Den gör ont. Så fort han ger tar han också tillbaka. Eller har jag missförstått vår kärlek? Kanske tror han att jag är införstådd med att kärleksliknande handlingar ingår i assistentuppgifterna eftersom han annars inte skulle hinna med sådana. Finns där inga känslor?

För att jaga bort ångesten berättar jag om duvnästet vid mitt före detta köksfönster.

– En av duvorna hade missbildade fötter, tillägger jag som för att göra historien intressantare.

– De lever ett hårt liv, säger han och för glaset till munnen. De fastnar lätt i dörrar, brunnar och galler. Deras fötter går sönder av det.

Där finns en ton av otålighet och han sveper med blicken över rummet som för att se om det händer något roligare någon annanstans. Hur jag önskar att han en enda gång gav hela sin närvaro åt mig. Jag blir irriterad, irriterad på att han är expert på allt, nu får jag inte ens vara expert på mitt eget duvnäste.

– Det är mycket vanligt med såna fötter, säger han.

Han talar till sin tusenhövdade publik, den som gör mig så övergiven. Jag säger:

– Då kanske det är flera duvor med missbildade fötter jag sett, för jag kan inte påstå att jag känner igen just den här på ansiktsdragen.

Han slätar ut ögonbrynen, orolig att de buskat sig.

– »Paris, där är bara dystra bakgårdar och tjocka duvor».

Jag dricker ur och äter upp citronskivan.

– Det är inte jag som påstår det, säger han. Det är Camus.

– Jaså han igen.

– Ja, han har gjort intryck på mig. Jag skulle gärna skriva som han.

– Skriver du?

– Om jag skrev. Jag kanske skriver mina memoarer en dag. Han skrev några bra böcker och så fick han nobelpriset och kunde omge sig med vackra kvinnor och leva livets glada dagar. Behövde inte skriva mer. Det är så man ska lägga upp det.

– Hur många kvinnor vill du omge dig med då?

– En man måste ha mer än en, det förstår du nog. En man i min position. Men det var inte det som var det viktiga i vad jag just sa, utan detta att snabbt uppnå det man ska så att man sedan kan njuta. Av hyllningarna. Av att slippa anstränga sig mer. Det är därför det gäller att vara effektiv.

Isbitarna i mitt glas kvider och gnäller. Jag sitter tung och nersjunken i min fåtölj medan han sitter på trekvart som om han var på språng. Han är orolig för att jag ska röra vid honom.

– Eller låt mig säga så här. Jag skulle vilja regera som Camus skriver.

Jag vill protestera mot hans ogenomtränglighet men jag vet att han aldrig skulle be mig stanna om jag reste mig och gick.

– Det gör du redan, säger jag.

– Hur?

– Utan lidelse.

Han tycker sig ha hört beröm. Det eggar honom,

och gör honom generös. Han vill dela med sig av sin kärlek till sig själv. Han rör vid mig, kysser varje finger utan att tappa ögonkontakten.

– Ibland säger du skarpa saker. Hur många år gick du i skolan i byn?

– Inte särskilt kort tid och inte särskilt lång. Det var inte i skolan jag förstod problemet med korparna. Induktionsproblemet. Jag kommer inte från någon by.

– Induktionen är inte bra var den än uppträder.

– Och dess närvaro i vårt dagliga liv. Det var när jag hörde en filosof på tv. Han sa att bara för att alla korpar man ser är svarta kan man inte dra slutsatsen att samtliga korpar i världen är svarta.

– Jag vet.

– Jag blev väldigt gripen, så mycket klargjordes för mig. Jag började läsa böcker om det. Men ingen bok förde mig närmare insikt än hans lilla kommentar om korparna.

Statsministern håller i en cigarill han plockat fram ur en platt ask. Han ska till att tända den men kommer sig inte för. Det är som att han vill fördröja njutningen av första blosset. Han snurrar den mellan fingrarna och kluckar inåtvänt:

– Nobelpriset i fyrtioårsåldern, vilken mästare.

– Jag har varit i Paris, säger jag. Jag har bott vid en dyster bakgård.

– Vem har inte varit i Paris.

Han tänder cigarillen. Han tittar på människorna

som passerar, kisar när röken sticker i ögonen.

Varje älskande tror sig vara en skulptör tills hon märker att fingertopparna är mjuka mot urberget. Då görs händerna om till sågklingor.

– Ja, jag har varit i Paris, säger jag. Jag arbetade på ett bageri där. Ägaren var mycket intresserad av folkhälsan. Han beordrade oss att baka croissanter på rågmjöl. Efter en månad stod vi utan arbete. Ägaren drog vidare med kinder som skinande äpplen, tuggande på en av rågklumparna som vägrade jäsa. Han köpte ett gym, blev rikare, blev uttråkad, slog sig på förläggeri, gav ut en ny sorts diktsamlingar utan ord. Vita papper. Alla tolkningar möjliga, som han sa. Eller: skriv en dikt själv! Vi som hade arbetat på hans bageri ingick nu i den gröna armé som varje dag jagade Paris skräp och hundbajs på flykten ner i avloppen. Vi tjänade för dåligt för att köpa böckerna han gav ut. Annars hade jag gärna gjort det för läsmotståndet var inte stort och jag var trött på kvällen av kroppsarbetet. Han sålde dåligt och fick lägga ner, publiken var ännu inte mogen för hans avantgarde.

Statsministern röker sin cigarill tills den är mycket kort.

– En riktig entreprenör, säger han.

Vi går och äter. Servitriserna har gula fingrar och gråklibbig hy under lysrören. Vi äter revbensspjäll. Revbensspjäll för människorna närmare varandra. Trätor biläggs när man gnager tillsammans på benen, får glansiga läppar och blank haka. Men han märker min tystnad och torkar av min kind med en servett, torkar länge och noggrant och kramar min hand. Den tusenhövdade skaran är borta och han är närvarande igen framför mig med glittret på plats i ögonen. Jag tränger bort allt det som oroat och sårat mig och erfar ännu en av våra stunder av sällhet. De stunder när före och efter och andra människor inte finns.

Över efterrätten säger han:

– Jag har studerat filosofi, retorik och historia. Därefter har jag avancerat spikrakt. Jag har en plan som ingen vet om ännu.

Han tar mina händer i sina över bordet. Han vill berätta om sin plan bara för mig.

– Jag vill göra något för empatin. För att den ska öka i samhället. Vad tror du om det, Fatima?

Vad han än bad mig om nu skulle jag utföra. Vad han än ville ha skulle jag ge honom. Han gör mig utvald. Han gör så att rummet kröks och taklamporna svänger.

– Jag vill ge en bok till landets niondeklassare om begreppet empati, fortsätter han. Det har gjorts en undersökning som inte har offentliggjorts än därför att resultatet är så skrämmande att man vill vara säker på att inte ha misstagit sig. Där framkommer att nittiotvå procent av femtonåringarna inte vet vad ordet empati betyder. Det är farligt, för vet man inte vad ett ord betyder kan man inte handla i enlighet med ordet. Först lär man sig orden, sedan lär man sig handla efter dem. Det är utomordentligt illavarslande för framtiden om det ser ut på det här sättet i dag. Språket är alltings början. Först kommer orden, sedan handlingen, därefter tanken. Vi kan inte tänka om vi inte har språket, inte se, inte höra. En häst är inte en häst förrän vi kallar den häst. En katt är en katt bara om den har fyra tassar. Inte sant? Alltså kan empati inte finnas om vi inte har ordet för det. Jag vill gå så långt som att säga att man inte kan handla empatiskt om man inte känner själva ordets mening, stavning, innebörd och etymologiska historia. Vi är skyldiga ungdomen det ordet. Jag ska driva igenom att vi ger dem en sådan bok, empatins bok, om det så är det sista jag gör på min post.

Korparna får ha samma färg eller ingen färg alls, allt är likgiltigt när han anförtror sig åt mig, när han lutar sig fram och rufsar mitt hår. Mina inre invändningar mot hans resonemang dör som små små vattendroppar i hans stora eld. Tinningarna hettar av vinet. Vi åker till hotellet. Under täcket håller vi om varandra, nosar på varandra. Han viskar de vackra orden och min ömhet väller fram.

– Här doftar barndom, säger statsministern.

Det är lukten av varmt smör och socker, pannkaka, jordgubbar, kaffe och lönnsirap.

– Men inte min barndom, säger han sedan.

Vi står utanför på grusgången. Våra fingrar leker med varandra som vinden leker med en fana. Porten är tung när vi går in i huset, första damens klänning så lätt att den nästan lyfter. Hennes leende är en sprucken dödsmask. Hon linkar lite, nästan omärkligt.

– Presidenten kommer aldrig igång före elva, säger hon.

Mötet med honom var satt till klockan tio. Nu är hon precis tio. Första damen har varit igång sedan tidig morgonstund och andats på sina snittblommor. Vi väntar på presidenten och medan vi väntar visar hon oss runt. Särskilt uppehåller hon sig vid Nixons sovrum.

– Jag har alltid vetat att jag skulle hamna här en dag, säger hon. Ända sedan jag var en liten flicka på pappas stora farm i Wisconsin har jag vetat det.

– Alla ska vi den vägen vandra, säger statsministern på svenska.

– Precis, säger hon som om hon förstått. Jag har alltid vetat att jag skulle gifta mig med en man som först skulle bli senator, därefter president. Jag studerade hårt för att komma in vid Harvard eftersom det är där de går, de blivande presidenterna. Han var så stilig min man när han gick där. Inte alls som de andra pojkarna som hade benan till vänster. Min tillkommande hade den till höger. Och ändå är han inte vänsterhänt. Han var mycket ovanlig på det sättet, principfast. Han tog mig med i sin bil. Sedan stannade han den. Man förstod redan då att det skulle bli något av honom. Bara sättet han stannade bilen på var annorlunda, hur han la handen på växelspaken. Jag kan inte förklara det riktigt. Allt var så speciellt med honom. Det är det fortfarande. Presidenten kommer inte igång före elva, sa jag det? Han var likadan på Harvard. Missade morgonföreläsningarna men var så smart att han klarade sig ändå. Ja, det förstår ni, annars vore han inte här. Många genier i historien har varit morgontrötta.

– Vilka då? frågar statsministern illvilligt.

Hon tänker en stund.

– Babe Ruth till exempel. Min mans idol och förebild. Han gick upp sent.

– Babe Ruth gick upp sju varje morgon.

– Nej, aldrig före elva. Han var ett geni.

– Han gick upp sju.

– Aldrig före elva.

– Han gick upp sju.

– Vad vet du om det?

– Han gick upp sju och övade kast mellan åtta och nio.

– Han gick upp elva och är vår nationalhjälte. Det där är svårt för utlänningar att begripa.

– Jag vet mycket om baseboll.

– Du får säga vad du vill. Den sanning vi håller oss till här är att Babe Ruth gick upp elva och aldrig kom igång före tolv. Det har med hjärnans arbete att göra. För vissa är det arbetet så omfattande att det tar en större mängd energi. De behöver mer ljus. De behöver sova i ljus, tänka i ljus. Einstein var likadan och Charlton Heston.

Hon visar husets blomsteruppsättningar. Dem vill

hon gå till historien med.

– Varje första dam vill ha sin nisch. Min är att placera blommor på nydanande sätt i nischerna. Jackie hade en liknande design-orientering, Nancy hade hela presidentskapet plus knarket, Barbara hade sina bakverk, Laura hade bokryggarna.

Sedan dricker vi espresso i en servis från Lincolns tid.

– Vill ni ha kaka till kaffet? frågar hon.

Inte nu igen, tänker jag. Vad är det med dessa kakor? Jag bestämmer mig för att fråga en gång för alla varför folk i maktposition vill bjuda mig kakor så fort de kommer åt. Första damen bemödar sig om att visa hur mycket hon döljer sitt förakt för den svenska statsministerns högra hand.

– Jag har ingen makt, säger hon.

– Inte jag heller, säger statsministern.

– Det här är kakor med bitar av choklad i.

Hon låter oss dofta på fatet.

– Min man äter dem i smyg. När jag kommer på honom sätter jag på löpbandet och programmerar in en timmes löptid, tolv kilometer i timmen. Han är en bra löpare. Kakor med chokladbitar i är hans svåraste last. Han äter dem direkt ur paketet framför teven när jag inte ser honom. Han tittar mycket på tv för att ha kontakt med folket. Folket ser på tv och han vill vara ett med dem, vill leva som de lever, se på tv. Vad tycker ni om kaffet? På mina många resor med presidenten har jag lärt mig uppskatta kaffe på europeiskt vis. Det amerikanska kaffet är svagt.

Hon tystnar tvärt. Andningen blir stötig och hon ser sig om i rummet. Så stoppar hon ner fingret i koppen och visar upp det.

– Titta här. Det jag sa om kaffet nyss var ett missförstånd. Se på den här europeiska sumpen! Det här kaffet är italienskt, eller franskt. Titta, värdelöst.

Vår tystnad tar hon som ett ogillande. Hon blir gäll:

– Det finns alltid ett val. Antingen tycker man om vårt kaffe eller deras!

Hon vänder sig mot mig.

– Och det ska jag säga dig. Vår utrikesminister och min man, som båda är underbara makar och fäder, var på en resa tillsammans, ett statsbesök i öknen, där de fick arabiskt kaffe som de drack sittande på huk i ett beduintält. För det första fick de sand i ögonen båda två. För det andra var kaffet oljigt och trögflytande. För det tredje smakade kaffet bränt. Jag vill bara säga det till dig så att du vet.

Halv tolv kommer presidenten. Han har varit ute och sprungit, sedan styrketränat. Han slog personligt rekord på sin femkilometersrunda denna förmiddag och är glad.

– 21.14. Nästa år ska jag under 21. Innan jag tjänat landet mina två perioder ska jag ner mot 20. En dag hoppas jag få springa i tunnlarna under Amman. Där ska det finnas perfekt preparerade banor, hårda och utan vindmotstånd. Där kommer jag under 20.

Han lägger armen om statsministerns axlar och leder honom mot rummet där de två statsöverhuvudena ska inleda sina samtal.

– Din fru kan inte vara med, säger han.

– Vore hon min fru tog jag självklart inte med henne, svarar statsministern, men hon är min högra hand och sin hand har man som bekant med sig på alla samtal man för och allt man gör.

Presidenten synar mig med smalnande men inte ovänliga ögon.

– Jag känner till allt man gör med sin högra hand.

– Hon ska med. Jag klarar mig inte utan henne.

För de orden kunde jag älska honom i evighet.

Vi slår oss ner i ett rum med jordglober i flera utföranden, ett rum gjort för samtal om truppförflyttningar, handelsvägar. Min uppgift är att anteckna.

Presidenten äter smörgås och dricker läsk medan han talar om de oroväckande rörelserna i Sverige, målarfärgen, hoten mot monarkin och marknaderna.

– Vi kväver saker i sin linda som du vet, arbetar förebyggande. Ni har tagit ett första steg mot folkvälde i ert land och ett första steg följs alltid av ett andra och ett tredje. Nästan omärkligt sker förändringen. Snart har man glömt var man började och betraktar den nya positionen som normal, den som nyss tedde sig otänkbar. Det är med kunskap om den psykologin terrorister, revolutionärer och reformister flyttar fram sina positioner. De får det vi nyss avskydde och fruktade att te sig önskvärt att bevara inför det värre hotet.

Man behöver bara se på de konservativa för att se att det fungerar. Deras företrädare kämpar i varje skede för att behålla vad de tidigare kämpade för att slippa.

– Är inte du konservativ? frågar statsministern.

– Jag? Nej, jag har ingen tillhörighet av det slaget. Det kan man inte ha som politiker.

– Men folkvälde är vi ju båda för. Ditt land brukar sägas vara det främsta och äldsta på det området.

Presidenten reser sig och försjunken i tankar går han i en oval runt rummet innan hans sätter sig och tar en ny smörgås. Mattan är nött precis i den ovalen.

– Vi är för demokrati och frihet, inget annat. Se till att få lugn och ordning i ditt land, se till att er kung och hans vackra hustru kan leva i ett hus vars färg de valt själva. Se till att människor går till jobbet. Hur skulle det se ut om jag inte gick till jobbet? Om jag strejkade när jag inte kände för att gå ur sängen? Jag litar på att du gör vad du kan. Jag betraktar dig som en klok västlig ledare.

– Det kan du göra.

– Därmed är ämnet utagerat. Låt oss övergå till något angenämare.

Han blir ivrigare, böjer sig fram mot statsministern som också böjer sig fram.

– Jag har tänkt ut en ny strategi som jag skulle vilja dryfta med dig. Den är ganska djärv, jag har aldrig hört någon annan tänka ut en sådan sak förut.

Han backar ett steg för att få en helhetsbild av sin samtalspartner.

– Vill du höra? Nej, nu blir jag generad. Jag kanske tänker fel.

– Du tänker inte fel.

– Den krigföring vi hittills har fört i historien känns föråldrad. Vad jag har grunnat på i mina ensamma presidentstunder är något mer sofistikerat. Alla vet att kampen genom hela historien står om överhöghet och dominans av skäl som ligger den normala mänskliga njutningen nära. Det är härligt att vara viktigast. Det är orsaken till all erövring. Men så kan varken vi eller den fria pressen formulera det. Därför handlar kampen om att vara den som definierar friheten. Vilket är samma idé. Som du vet bakas mycket bröd i de där trakterna – där problemen och fanatikerna gäckar oss. De gör för mycket vitt bröd. Vetenskapen är överens om att överproduktionen av insulin som följer på vitt bröd förgör mänskligheten. Men deras ledare vägrar erkänna sambanden. De nonchalerar varningar och forskningsresultat. Alternativt vänder de fakta mot oss, säger att det är vi som utgör det största hotet med vår stora sockerkonsumtion. Det blir också för varmt på jorden av deras ugnar. De har fler soltimmar än de flesta och ändå är ugnarna på, för att baka en brödsort som är till skada för människan. Min idé är att man tar ifrån dem mjölpåsarna. Mjöl måste förvaras, annars går det till spillo. Om vi går rakt på påsarna i stället för på brödet agerar vi förebyggande, och skapar fred, välstånd och frihet i världen. Ugnarna kan vi slå ut i ett senare skede.

Presidenten sjunker tillbaka mot ryggstödet.

– Så mjölet är nyckelfrågan? säger statsminstern.

– Det är bara en idé.

– Jag skulle inte själv ha kommit på den.

– Du behöver inte komma på sådant, ditt land är litet.

– Enormt litet.

– Kan jag räkna med ert stöd?

– Utan tvekan. Är det alltså brödet som är problemet i dagsläget?

– Jag tror jag vågar påstå att min underrättelsetjänst vet vad den gör. Och att Amerikas spannmålsbönder vet när och varför skon klämmer. Jag har bra kontakt med dem. Kornboden är dit jag beger mig för rekreation.

Presidenten trycker på en knapp. Efter en minut kommer en man in med kartor. De två statsmännen böjer sig fram över kartorna, så nära varandra att deras höfter möts. De pekar och deras pekfingrar är lika långa och lika tjocka. Emballagefabrikerna visar sig ligga i utkanten av städerna, en del till och med ensligt belägna. Det är bra med tanke på civila offer. De ser på varandra i en ömsesidig bekräftelse som gör mig svartsjuk. Varför får han mig hela tiden att känna mig utanför, frågar jag mig och minns genast att tanken är absurd. Av alla människor är det mig han tagit med till ovala rummet. Och jag känner mig utanför. Det är jag som är förryckt.

—

Så en dag åker vi och spelar golf. Presidenten är skicklig eftersom han har övat på arbetstid så länge någon kan minnas. Statsministern träffar inte bollen ens lite grann men hanterar sin genans på ett sätt som får mitt hjärta att svälla. Han lyfter inte klubban för att låtsas granska den och finna att den inte är tillverkad som den ska, simulerar inte ryggsmärtor eller skuggar ögonen för att utröna varifrån den plötsliga kastbyn kom. Han bara står och är förlägen med hängande armar.

Solen bländar. Naturens färger är tre. Blått, gult och grönt. Allt är rent och exakt utom statsministerns puttar och svingar. Mitt arbete består i att lyfta flaggan vid putten. Medan jag väntar vid hålet tänker jag på hans händer när de rör sig över min hud. Vid tanken på den gångna natten blir jag yr. Så när bollen kommer emot mig gör den det i flera upplagor. Jag hör rop och lyfter flaggan, men för sent. Bollen studsar mot pinnen och lägger sig en halvmeter bort. Livvakterna måste ha specialsydda skjortor tänker jag i samma ögonblick som jag förstår att det är mig de rusar mot. Musklerna drar i skjorttyget och hotar att spränga det. De springer mot mig i en särskilt inövad formation, en sorts vinge, och kastar sig över mig. Det känns som att örat brister av tryckvågorna när de skriker om talibanhoror, olja och kameler. Det sista jag hör innan jag domnar bort är min egen röst som säger: jag är inte arab.

Så målar de in oss i hörnen där vi står.

Jag somnar och sover. Jag är blå överallt, sedan gul, sedan grön. Jag vaknar och är vaken. Han sitter på sängkanten och låter sitt ansikte lysa över mig, kysser mina händer, fast ryckigt som om han inte kunde bestämma sig för om han ville kyssa eller inte. Men åtminstone hans ögon är fyllda av oro.

– Presidenten skulle ha gjort hole-in-one om du inte lyft flaggan för sent och stött bort bollen med pinnen, säger han som om han inte tog ställning i sakfrågan.

Han visar mig en tidning: »Arabisk attack mot presidenten ... att det kan betraktas som fröet till en islamistisk terrorhandling när presidenten hindras från att komma i åtnjutande av den good-will som en hole-in-one skulle innebära bara ett knappt halvår före omvalskampanjens början».

Statsministern ser fortfarande ut som att han inte tog ställning. Det gör mig hemskt besviken. Han märker det och kastar iväg tidningen, långt bort på golvet och kramar mitt huvud och för det försiktigt från sida till sida. Smärtan är så stark att jag är nära att kräkas; jag är illa tilltygad.

– Våra samtal har brutit samman och det är ditt fel, säger han och det låter som kärleksord för han smeker mig över hela kroppen. Han fortsätter:

– De skickar ut reprimander, övertygade om att du är islamist. Jag anmodas avgå i oppositionens samtliga tidningar hemma och det är nästan alla tidningar som finns i vårt land som du vet. Det är en provokation av ofantliga mått att ta med sig en islamist hit till ickeislamismens frihetliga landmassa, tycker de. Och jag som just hade blivit populär hos dem nu när jag kommit ut som socialliberal. Det är inte bra för mig det som hänt.

Hans röst fortsätter att vara ömsint. Ord och tonfall hänger inte på minsta vis samman och jag lyssnar till tonfallet. Därför blir jag ledsen först långt senare när det går upp för mig vad det var han egentligen sa.

– Hur kan de säga att det är en islamistisk attack när jag är ateist? säger jag med torra läppar och torr tunga.

– Jag sa att du är ateist. Jag sa det för att få ha dig kvar här. Då förklarade de att en ateistisk islamist är ännu värre, det är den farligaste sorten eftersom den innefattar båda deras värsta fiender. Du måste skickas hem ännu snabbare än om du varit enbart islamist. Men jag ska göra vad jag kan för att du ska få stanna med mig.

Han vaggar mitt huvud i sina armar.

– Jag skulle också vara ateist om det inte vore olämpligt i min position, viskar han och trycker läpparna mot min kind.

– Det är olämpligt i min position också, stånkar jag nerifrån hans famn.

– Du har väl ingen position, säger han smeksamt.

Hans fingertopp följer mitt öras kant.

– Om du inte varit i sällskap med mig här hade de ställt dig inför militärdomstol. Kanske avrättat dig. Du har tur som är med mig.

Bara som en lätt skugga stryker tanken förbi mig att något är fel med hans kausala begrepp eftersom allt som händer mig händer just därför att jag är med honom. Men allt behöver inte sägas mellan två människor och jag låter det vara. Dessutom har jag för ont för att tänka klart.

Vi åker till hotellet och han gör i ordning ett bad och ger mig värktabletter. En medhjälpare skickas iväg för att köpa friterade kycklinglår och öl. När jag öppnar munnen för att bita i låret som är det största och mest friterade jag någonsin sett får jag en yxa i huvudet. Medan jag är avsvimmad hör jag vid hörselgången: hur mycket älskar du mig, och varför?

Det är inte meningen att jag ska uppfatta det, men jag vaknar och svarar:

– När jag ser en såpbubbla vill jag ha sönder den. När jag ser en chokladkaka måste jag äta den. När jag ser ett stup vill jag hoppa. Men när jag ser dig är allt detta mig likgiltigt.

– Betyder det att du...

– Ja, mycket.

– Varför säger du inte det då?

– Jag säger det hela tiden på olika sätt.

– Jag förstår bara ett sätt.

– Och du då, varför säger du aldrig till mig att du älskar mig?

– Till dig?

Han skrattar osäkert:

– Vad menar du?

—

Han lyckas förklara för dem att de misstolkat situationen men att det inte var desto mindre klandervärt att jag stod och sov på golfbanan.

Saken tycks vara ur världen.

Före middagen med Banken ligger vi intill varandra på sängen och han läser en bok. Boken heter *Jag och Du* och är svår, säger han. Han förstår inte allt som står i den men läser ändå för att vidga sitt tänkande från det dagligt trånga. Jag frågar varför det tänks trångt där han är dagligen. För att vi ska representera folket, säger han. Jag ligger orörlig, huvudvärken ansätter mig så fort jag rör mig.

– Representation är vackert. Man kan aldrig prata för mycket om representation.

– Mig förefaller den överskattad, säger jag.

– Jaså?

– Ja. Den förutsätter att vi vet vad hos människor som för dem samman. Men det vet vi inte. Jag kanske bäst representeras av dem som gör lika goda bakelser som jag. Bagare i alla länder, spritsa.

Av munrörelserna får jag en ny yxa i skallbenet, fast en mindre denna gång.

– Det är för att du är från ett land utan demokratiska traditioner som du inte har respekt för representationens idéer, säger han med pedagogiskt lugn. Det du talar om är skråvälde, den italienska fascismens idé. Men ju längre du befinner dig i de demokratiska länderna desto mer kommer du att lära dig om det här. Det tar tid att bli demokrat så jag fördömer dig absolut inte.

– För det är jag dig evigt tacksam.

Han för sina varma händer över min rygg. Boken som vidgar hans tänkande är liten och gul och ettrigt skriven av en tysk jude. Baksidestexten nämner detta faktum enbart därför att det religiösa innehållet i boken kommer ur det judiska tänkandets tradition, förklarar statsministern. Det ligger en rättelse inne i boken på en lös lapp där det står att på förlaget jobbade någon som inte satte dit citationstecknen. Det skulle stå »judiskt tänkande», inte judiskt tänkande dinglande hur som helst och för vem som helst att göra vad de vill med. Och det ska stå tysk-judisk, inte tysk jude. Personen på förlaget är omplacerad, meddelar lappen, och missgrepp av den typen ska undvikas i framtiden.

– Tysk-judisk låter mer humant, förklarar statsministern. Det förra låter som en merit, det senare som en insinuation.

– Varför då?

– Det bara är så. Det står inte i någon lagbok eller skrift, det bara är något vi humanister känner i hela märgen.

Jag läser här och där i boken. Den är ogenomtränglig men om jag läser den som stämning och ljud låter det vackert.

– Hur kommer det sig, frågar jag när jag läst en stund, att somliga tänker sådant vi andra inte förstår? Eller har alla sådana hjärnor, men de flesta kommer inte på att omvärlden skulle kunna intressera sig för deras konstigaste tankeflöden?

– Det finns människor som aldrig tänkt något obegripligt i hela sitt liv. Min kulturminister till exempel.

– Varför utnämnde du henne då?

– Därför att hon aldrig tänker något obegripligt.

Han lägger ifrån sig boken och då finns inga citationstecken kvar.

– Det måste vara det här han skriver om. Inte är det särskilt tysk-judiskt.

– Vadå?

– Ett jag och ett du som rör vid varandra och blir lite mera människor.

– Nej, sådant höll inte han på med. Han var en tänkare, hade viktigare saker för sig.

– Vad kan ha varit viktigare än detta, jag och du?

– Tyst min mun så får du socker.

Han sätter sitt finger över mina läppar och skrattar med ögonen.

Ute är det mörkt. Husen bugar sig i den blänkande asfalten när bilen glider fram genom de breda gatorna. På middagen serveras fasan. Alla männen runt bordet ser ut som Robert McNamara. De har samma sorts glasögon och håret i trådar. När vi ätit ska han komma och middagstala. En yngre man som inte bär stålbågade glasögon och trådigt hår ser bortkommen ut. Hans hår är för tjockt och hans syn för bra. Han kan ha övervägt hårbortfall på kemisk väg inför denna viktiga afton men blivit avrådd av sin fru. Se ut som Kennedy i stället kan hon ha sagt, det kommer McNamara att uppskatta. Mannen har således lagt ner möda på sin lugg för att få det rätta svajet. Han visar foton på sin son. Tydligen är det en vana han har. De andra låtsas vara upptagna, gräver i sina portföljer, för att slippa se på fotografierna.

– Alla vill ha en ny bil, säger han. En flott bil som inte sviker halvvägs till kyrkogården är det enda folk bryr sig om. Jag skaffade en son i stället. Han gör mig lyckligare än en bil.

– Kan du inte ha både en bil och en son och köra sonen i bilen? frågar statsministern men får inget svar.

– Dödstalen är lika i väst och öst. Så vad ska vi med vår förträfflighet till? säger mannen. I andra kulturer odlar de sina mjuka sidor medan vi förskansar oss bakom de hårda karosser som går under namnet utveckling, tillväxt, framåtrörelse. Men vi dör i lika stora skaror som de. Vi dör!

– Mjuka sidor?! Var inte flygplanen hårda. Var inte tornen hårda?

Mannen ser inte på dem som bemöter honom. Han är som i ett trancetillstånd. Han har noga tänkt igenom detta med occident och orient och blivit övertygad om sin tankes räckvidd.

– De som körde planen hade studerat i Hamburg. I rationalismens hjärta, i Preussen. Det var där de lärde sig vad hårdhet, logik och förnuft var.

Till fasanen serveras grönsakspuré. Jag äter sakta

för att undvika blyhagel. Jag har inte råd med fler tandläkarräkningar. Purén går desto lättare att få ner. Den kan man äta även sedan man förstört tänderna på hagel. Jag imponeras av hur väl måltiden är komponerad.

Gästtalaren kommer in i rummet. Hans glasögonskalmar tränger in i köttet. Han går framåtböjd som vid brådska och ber om ursäkt för att han är sen, fruktansvärt sen. Han kommer direkt från flygplatsen efter en lång resa. En svettdroppe rinner från hans tinning. Han tittar ut över församlingen men röjer ingen rörelse över att framför sig ha ett dussin kopior av sig själv.

– Jag har träffat presidenten i dag. Han ville inte tala om något annat än sin hole-in-one.

McNamara ler farbroderligt som åt ett barns nyck.

Det går ett sus genom publiken när alla drar efter andan: presidenten ljög alltså för den enda han kunde lura. Robert McNamara har varit på resa i regnskogen och vet inte vad som hänt, har inte haft tillgång till några medier. Ovetande generar han nu presidenten inför utländska gäster, statsministern och mig. Allt för att jag inte klarade att lyfta pinnen i tid. Deras blickar steglar mig.

– Så nu blir omvalet inget problem, fortsätter McNamara som inte märker rummets laddade atmosfär. Han övergår till sitt anförande, en exposé över Bankens själ förr och nu.

Han för pekpinnen mot en karta och vi får se diabilder.

– Det ni ser här är människor. Alla människor är viktiga, en viktig resurs. Människorna på bilden är afrikanska människor, säkert hårt arbetande och bra var för sig. Men tillsammans vill de med statliga regleringar ta över marken ni ser här. De vill odla något på den här platsen. De anser att de äger de blänkande daggmaskar som ni här ser åla sig över denna feta, rika jord. Men hur kan man äga maskar? Betrakta dessa daggmaskar. Hur lång livslängd tror ni de har? Inte lär den vara lika lång som en människas. Att odla den här jorden på det sätt de vill är kortsiktigt tänkt. Den kan ge skörd nästa år och året därpå. Men det system vi förordar åt dem och som är bestämt i demokratisk ordning med majoritetsbeslut i vår styrelse, är hållbart i många hundra år. Välståndet ökar stadigt med vårt system och vi har andra planer än de har för den här jorden.

Han sänker pekpinnen och ser ut över församlingen.

– Tillåt mig att vara personlig ett ögonblick. I morse när jag och min fru, som jag älskar väldigt mycket, åt frukost sa jag – vi åt pannkakor med lönnsirap, juice, kaffe, varsin bit melon, en klick vaniljyoghurt och ett par valnötter för omega-3-syrorna och den fina balansen mellan omega-3 och omega-6 som valnötter innehåller – och jag sa medan jag tog en klunk av kaffet: tänk dig, älskling, i dag har en genomsnittsmänniska det bättre materiellt än de allra bäst ställda hade det när grundlagsfäderna för vår skull svettades en lång het sommar i Philadelphia. Det är nästan stötande, sa jag, att vårt hembiträde troligen äger fler saker än Thomas Jefferson gjorde. Hon handlar upp hela sin lön på ting och milkshake. Hon har mobiltelefon och tillgång till dator. Vad jag menar är att den dummaste kossa i dag har mer materiell välfärd än den skarpaste hjärna förr. Vi finner det en smula bisarrt. Men det är vittnesbörd om systemets långsiktiga kraft. Ska man kalla det orättvist? Orättvist såtillvida att man drar fördel av att födas sent i historien? Visst, i ett fritt land kan man kalla det vad man vill. Vad mig anbelangar visar företeelsen bara att orättvisa är ett meningslöst begrepp. Jag vet berusade människor som drunknat när de velat krama sig själva i floden. Det kan man kalla självkärlek och narcissism om man vill vara 'civiliserad', som Huckleberry Finn uttryckte det. Själv är jag en enkel människa och kallar det fylleri. Men vi behöver inte gå så långt som till Thomas Jefferson. Föreställ er en vanlig hederlig advokat 1910 medan expresident Roosevelt var ute på savannen och nedlade lejon och gaseller. Hur skulle den advokaten, som försakat och utbildat sig, slitit och ansträngt sig för att tjäna samhällsgemenskapen, uppfatta det att vilket hembiträde som helst i vår tid med åtta år i en trasig skola fylld av minoriteter äger saker, ting och föremål som advokaten som studerat och lagt manken till inte ägde? Det föreligger här en flagrant tidsmässig orättvisa men jag hör ingen skrika sig hes om den. Jag ser ingen kasta sten, krossa skyltfönster, spränga sig själv i protest mot denna orättvisa. Och det bör inte heller någon göra. Ty den är som jag sa beviset på vårt systems långsiktiga kraft. Och därför är det vår plikt att övertyga afrikanerna på bilderna jag visade om styrkan i vår strategi. De är alla fina, ärliga, flitiga människor och deras barnbarn kommer att tacka oss. Visst unnar vi hembiträdet saker som Thomas Jefferson och advokaten inte ägde. Visst unnar vi dem turen att ha fötts nu och inte för hundra år sedan, visst gör vi det. Ty vårt system där »var och en har möjlighet att ta sig så långt hans talang kan föra honom» som Abe Lincoln så distinkt formulerade det, vaccinerar mot missunnsamhet. Hur kan man vara missunnsam när man vet att hela ödet ligger i de egna tomma händerna?

Han viker ihop pekpinnen. Sedan berättar han i familjärare ton om hur man på hans tid gjorde för att övertyga människor om det riktiga i det han just berättat. Hans iakttagelse är att Banken har försummat det pedagogiska, missionerande om vi så vill, uppdraget och nu kör över människorna utan att, som förr, först förklara varför.

Han svarar på fyra frågor och sedan är tiden ute.

När vi sitter i bilen på väg därifrån gör ljusen från staden oss mörkare inne i bilen. Vid varmluftsutsläppen har folk lagt sig tillrätta för natten. Statsministern är hungrig så vi stannar vid en nattöppen affär och köper hamburgare och muffins.

– Det här är mycket godare än trådig fasan, säger han.

– Mycket godare.

– Tyckte du att det var tråkigt på mötet?

– Nej. Intressant.

– Ja. Särskilt hans frukostvanor var fascinerande, säger han.

Jag är sömnig och vill egentligen sova hellre än äta. Han stänger mina ögonlock där jag står.

– Jag har aldrig varit med om det här förut, säger han.

Nästa dag ska han träffa styrelsen för Holocaustmuseet. Han tvekar om vilken av slipsarna som bäst matchar kalotten. Så säger han att jag ska stanna hemma i dag. Efter mötet på museet ska han direkt till Vita huset för en drink.

– Var min vänstra hand för en dag; gör vad du vill.

Han håller upp två slipsar och frågar vilken jag tycker han ska ta. Jag föreslår en, han väljer den andra.

Sedan han gått läser jag tidningen. Jag lyssnar till sirenerna utanför och tystnaden i rummet. Det är skönt och fridfullt. Jag funderar en stund på hur jag hamnat där jag är men blir så förvirrad av händelsekedjornas osannolikhet att jag lämnar tanken. Jag känner mig rastlös, tar en promenad till Lincolnmonumentet. Det är kvavt, åskvärme. Jag äter en smörgås med ryggen lutad mot Lincolns knöliga skenben och låter tankarna driva. Himlen grånar utan att solen kämpar emot. På väg tillbaka till hotellet går jag in på en bar, dricker en öl och spelar lite på en maskin. Det drar ihop sig till regn. När jag kommer tillbaka till mitt rum duschar jag och tar på en ren tröja. På tv visas en basebollmatch. Det börjar regna. Det öser ner och gör gatorna blanka. Människorna trycker fotsulorna mot sig själva. Det regnar, det regnar.

Det regnar alltjämt när det knackar på dörren och en man kliver in. Han säger att jag tyvärr måste packa mina väskor och omedelbart lämna landet. Jag ser på den främmande mannen och är på väg att protestera, fråga varför. Men så inser jag att det han säger inte är märkligt alls. Det som är märkligt är att jag hamnat i situationen som jag varit i en tid nu. När saker börjar ske tar man dem strax för självklara och snart kräver man dem som en rättighet.

Lugnt och städat packar jag mina väskor. Den främmande mannen väntar utan brådska med en otänd cigarett i handen. Han är varken trevlig eller otrevlig. När jag inte är påstridig blir han lättad och ger mig frivilligt lite information.

– Det har hänt en olycka, ett attentat. Därför måste du flygas hem. Det gäller rikets säkerhet.

Jag är osäker på vilket rike han menar men frågar inte. Jag flygs hem.

Kulan var avsedd för presidenten. Men han böjde sig ner just då för att granska en ekorre som låg död på marken. Skottet träffade i stället statsministern i magen. Hans tillstånd var först kritiskt, sedan allvarligt men stabilt. Enligt pressen hade de strax före beskjutningen talat just om alla de ekorrar som skuttade runt på gräsmattan, obekymrade om vilket viktigt hus de valt att skutta vid. De hade haft »ett inofficiellt samtal under avslappnade former» och presidenten hade frågat om statsministern någonsin sett en ekorre dö av ålder. Det hade statsministern aldrig gjort när han rannsakade sitt liv och sitt minne i den klara kvällsluften, och presidenten hade då frågat hur han trodde det gick till när en ekorre dog av ålder. La de sig bara ner på sidan och somnade in? Statsministern hade sagt att så måste det rimligen gå till men många kanske dog på andra mer dramatiska sätt, blev överkörda och uppätna. Och precis när han sagt det hade presidenten sett en självdöd ekorre med gråsprängd päls vid skon och böjt sig framåt.

Statsministern opererades i många timmar.

Alla demonstranter som skanderat slagord mot honom och tecknat hans nidbild går skamsna tillbaka till en tystare tillvaro. Bara de mest konspiratoriska talar om att det hela är arrangerat för att hejda folkets framryckning.

Oroligt följer jag hans hälsotillstånd via tidningar och tv. När jag tror att tillräckligt lång tid förflutit för att han ska kunna ta emot besök går jag för att hälsa på honom, men utanför sjukhuset hindras jag av vakterna. Till slut förmår jag en vakt att kontakta statsministern eftersom besöksförbudet knappast kan gälla mig. Vakten återvänder och meddelar att statsministern inte vet vem jag är.

När jag kommit utom synhåll viker sig benen. Det sker i en park och jag blir liggande bland de torra fjolårslöven.

Det dröjer någon dag innan jag lyckats intala mig att vakten bara måste ha glömt att nämna att statsministern ligger i koma eller har drabbats av tillfällig minnesförlust. Vid uppvaknandet kommer han att säga mitt namn det första han gör och skicka efter mig. Sedan kommer vi att kunna skratta tillsammans åt misstaget.

Men minnesförlusten tycks snarare tillta ju mer han vaknar och ju friskare han blir. Han är tillbaka i arbete och ger intervjuer i alla medier. När han talar finns inga antydningar om att jag funnits i hans liv. Jag förstår inte vad som sker och kan inte tro att det sker. Varför hör han inte av sig? Vi hörde ju ihop. Till råga på allt har jag inte haft någonstans att bo sedan jag kom hem. Jag söker upp en gammal vän från svenskakursen, Pedro, som låter mig bo hos sig. Han arbetar på en korvfabrik på dagarna och delar ut tidningar på nätterna och är därför nästan aldrig hemma. Men det är jag. Jag sitter hemma med fördragna persienner och försöker begripa. Om jag bara kunde gå in i hans hjärna, tänker jag hundra gånger om dagen, och där se varför han inte saknar mig när jag är mindre än halv utan honom, utan det vi delade. Om jag bara förstod skulle det vara lättare att acceptera, intalar jag mig. Om jag bara förstod. Att lyfta benet för att ta ett steg är som att gå en mil. Att duscha är ett övermäktigt företag. Jag gråter, jag gråter. Ingenstans i råden till övergivna står det att man ska dricka mycket för att undvika uttorkning.

Efter någon vecka tvingar jag mig att åka till arbetet för att inte förlora allt. Men när jag i morgontrafiken ser alla målmedvetna människor som verkar utan sorg i sina liv vänder jag halvvägs och åker hem. Några dagar senare försöker jag på nytt. Då går det bättre. Och när jag närmar mig jobbet blir jag till och med lite glad av tanken på att träffa mina arbetskamrater igen, mina krukväxter, mina kopior och min utgående post. Jag känner att jag har saknat dem. Men när jag ska gå in genom porten fungerar inte passerkortet. Ingen av dem som är på väg in i huset känner igen mig när jag hälsar på dem. Jag visar passerkortet med mitt namn och foto för entrévakten. Han tittar på det och lämnar tillbaka det med blicken fäst i fjärran.

– Eftersom det inte godtas av maskinen är det något fel på det.

– Vilket sorts fel då?

Rörelser i det inre har en eftersläpning gentemot förändringar i det yttre. Den upprymda känslan från nyss dröjer sig kvar som ett stelnat leende.

– Maskinen godtar inte ditt kort, alltså är det något fel på kortet. A följer av B. Här är allt logiskt.

– Men jag arbetar här. Det måste vara maskinen det är fel på.

– Alla som arbetar i anknytning till kansliet får fortbildning i logik och förnuftslära.

– Jag fick aldrig gå en sådan kurs.

– Vilket bara bevisar att du aldrig arbetat här. Jag gör inte skillnad på folk och folk. Jag gör skillnad på dem som får komma in och dem som inte får komma in. Det är den enda skillnad jag gör. Det är mitt uppdrag.

Just då kör en svart bil upp vid entrén. Ur baksätet kliver en man i mörk kostym och överrock på det disciplinerat skyndsamma sätt som män i mörk kostym och överrock kliver ur mörka bilar på väg in i viktiga byggnader. Entrédörrarna öppnar sig och sluter sig tätt bakom honom. Jag blir piggare igen, det känns som att återse en kär gammal vän efter att länge ha vistats bland främlingar. Mannen var med på fasanmiddagen i Washington. Han har bara bytt frisyr och glasögon men i övrigt är han sig lik. Aldrig trodde jag att jag skulle få anledning att känna en sådan gemenskap med någon av dem, men nu gör jag det. Det är jag och han mot den här vakten.

– Vet du vem det där var? frågar jag.

– Ja. En av dem som får komma in i huset.

– Om jag berättar för dig att jag träffade honom i Washington där jag var med statsministern när han blev skjuten kanske du inser att det är något fel på maskinen som inte släpper in mig.

– Den är ny.

– Ring någon på min avdelning och fråga.

Efter en kort tvekan tar han telefonen och ringer. Varpå han meddelar att det aldrig har funnits någon vaktmästartjänst på den avdelning jag hänvisar till och att det aldrig har funnits någon med mitt namn i listorna över anställda.

Han säger det med självklar auktoritet, jag förstår att han måste ha rätt. Jag tittar på mitt passerkort. Kanske är jag mig inte lik på fotot, håret har växt och jag har magrat. Det är trots allt inte vilken arbetsplats som helst utan en kammare i rikets hjärta. Givetvis kan de inte släppa in vem som helst.

Jag ber om ursäkt och går därifrån med munnen full av tänder, knäna fulla av ledkapslar.

Kan jag ha misstagit mig på min existens? Det skulle förklara alltsammans. Men om jag inte finns, hur kan jag då ha hört honom säga allt han sa under kärleksakten, hur kan jag ha erfarit dessa känslostormar? Hur kan jag ha bevistat Rosenträdgården och ovala rummet?

Vår kärlek tänker jag mig som den en tax skulle ha till en giraff. Taxen försöker tala medan giraffen makligt äter av trädkronorna. Runt runt springer taxen där nere på sina korta ben.

Jag läser i en veckotidning att det är viktigt i situationer som denna att hitta ett »övergångsobjekt» för att »glömma och komma vidare». Men jag vill hellre fastna. Jag har börjat trivas med mitt lidande. Det är en del av min kärlek och jag är mycket fäst vid mitt sätt att älska.

En dagstidning gör ett långt porträtt av statsministern efter traumat. På bilden sitter han som konvalescent med en filt över benen i en fällstol och läser Thomas Mann. Han har aldrig brytt sig om Thomas Mann men har alltid närt en dröm om att se sig själv som en som sitter på en veranda i Davos med en filt om benen och andas bergsluft, konvalescerar och läser Thomas Mann.

Att nämna Thomas Mann tror han är att läsa Thomas Mann, till och med att studera honom. Att studera Thomas Mann tror han är att vara Thomas Mann. Den sidan av honom har jag svårt för. Nu ser jag på fotot att hans skarpa profil aldrig har varit vacker, utan är en trasig vass bergskam. Jag noterar också att det rosiga i själva verket är skärt och det kraftfulla stint som en mätt julgris.

Efter olyckan, berättar han i intervjun, har han rensat bort allt onödigt från sitt liv och är nu koncentrerad på det som är viktigt. Det som är viktigt är arbetet för landet och mot världssvälten. Den ska inte utplånas, för vart det kan leda vet man inte, men halveras ska den och han är satt att leda halveringskommissionen. Det finns gränser för hur mycket lidande han klarar av att se. Möjligen kan han se hundra miljoner lida men absolut inte två hundra miljoner. Den nya kommissionen ska inte bara halvera svälten och fattigdomen utan också ledan bland de välnärda, förklarar han. Allt sådant arbete tar tid och man måste vara uthållig.

Jag läser artikeln två gånger. Jag föraktar honom för att han inte ens försöker dölja sin förljugenhet utan vältrar sig i den. Föraktet är skönt, det tar bort all längtan.

Men jag är inte tillräknelig, mina känslor färdas med ljusets hastighet. Inom en minut är föraktet borta och jag får för mig att han i själva verket inget hellre vill än att träffa mig men inte vet hur han ska meddela mig det. Ja, snart är jag övertygad om att det är precis så det förhåller sig och att jag måste hjälpa honom att återförenas med mig. Jag läser artikeln en tredje gång och hittar nu flera hemliga hälsningar till mig, hälsningar som bara kan betyda en sak.

När en människa försvinner i Anderna och de anhöriga inte får något dödsbevis slutar de aldrig att hoppas. Varje gång telefonen ringer under de kommande decennierna finns det en chans att det kan vara den försvunne. Ett dödsbevis är enda boten mot det förtärande hoppet. Han har inte gett mig något bevis på vår samvaros död så jag får aldrig ro. Hoppet är skapelsens tåligaste varelse. Det klarar sig genom svältperioder och torka och kan leva länge på näringen i en ofruktsam klippskreva. Hoppet fördummar. Det ser en katedral där den friska ser cementblandaren.

Att de människor han berör har ett jag som rör sig i förhållande till hans även efter att han utplånat dem från sitt inre är för honom en abstrakt idé, något ogreppbart. Det han inte ser tror han inte ser honom.

Kanske förstår han inte ens att jag lider eftersom han bara förstår lidandet när han själv lider.

Att besvara mina brev eller förklara något tycks inte föresväva honom. Sådant omak har en man som han heller inte tid att göra sig för en enda individs skull. Inte tid och inte rätt med tanke på sina uppgifter till mänsklighetens fromma. En individ är utan tvekan färre än mänskligheten och en man i hans position måste kunna prioritera.

Vid en tidpunkt är jag på väg att lyckas ge upp. Jag har inte skickat honom något brev på länge och han har inte sett mig smyga runt hans bostad på veckor. Smärtan som utan uppehåll tryckt mot mina inre organ avtar och det finns stunder när den är borta och jag åter kan se att världen består av människor och soliga prång. Flera timmar per dag är jag levande. Då kommer ett litet meddelande. »Hej Fatima! Hinner inte skriva just nu men hör av mig framöver. (Laxarna hoppar förresten mer än nånsin utanför mitt fönster, du skulle se dem!)».

Och allt är förstört. Jag faller in i tillbedjan igen, går sönder. Jag väntar varje dag vid brevlådan. Jag ställer in aktiviteter och avstår från att planera. För att stå redo. Hans lilla brev bär jag med mig överallt. Men han skriver aldrig framöver.

—

Jag ser honom tala på tv om samtalets betydelse för civilisationens utveckling: samtalet mellan människor är grunden för förståelse, fred och demokrati. Ju äldre han blir desto mer förstår han kommunikationens och medkänslans betydelse i mänsklig samvaro, berättar han och visar sitt ärr på magen.

– Kulan gick in här.

– Var kom kulan ut?

– Den kom aldrig ut.

Det sokratiska samtalet talar han om. Han talar. Han talar. Det snöar. Det slaskar. Jag fortsätter att gå genom slasket. Jag tänker: tillsammans kunde vi polera bort detta falska hölje du bär på.

Det blir frost och jag fryser om händerna.

Jag lyckas få ett jobb på något de kallar bageri men själen ryser vid åsynen av deras hantering av deg och smet. Någon stolthet att tala om har jag inte men här går en gräns: att grädda så groteska muffins och bullar är ett brott. Det lilla och det nätta vill ingen längre äta. Jag försöker anpassa mig men allt jag gör blir för litet. Somligt kommer färdigbakat från en annan fabrik och vi har bara att sätta det i ugnen. Det är en sådan förnedring att jag inte förmår tänka på att det är jag som utför detta. Och ugnen känner ingen skillnad. Det är nog det värsta av allt, ugnens likgiltighet. Den gräddar på samma sätt oavsett hur, var och av vem smeten blandats. Men kanske är det ugnen som har den rätta inställningen?

Mina chefer är i tjugoårsåldern och känner inte till

ingredienserna ens i en sockerkaka. De ber mig baka större bullar eller söka mig ett annat arbete. Jag försöker verkligen men kan inte baka så stort som de vill. Och jag står inte ut med att känna smaken av konstgjorda tillsatser i smeterna och degarna.

Så jag slutar och dagarna förflyter som förut. Ibland sitter jag på sängen och ibland ligger jag på den. Betraktat från ett visst perspektiv är det den enda variation man kan hoppas på i livet. På nätterna drömmer jag oroliga drömmar.

Jag vill företa mig saker, läsa de stora ryssarna, cykla fem mil om dagen, måla akvareller. Men färgerna flyter och rinner. Jag kan fastna i en timme på en enda mening i en tidningsartikel, där varken mening eller artikel intresserar mig det minsta.

En dag kommer Pedro hem och säger att det behövs folk på korvfabriken där han arbetar. Redan nästa dag går jag dit och hör mig för och jag får börja direkt. Jag stoppar korvar hela dagen och när jag kommer hem är det svart ute och jag är ledbruten och orkar inget annat än att lägga mig på sängen. Dagarna kommer och går, alla likadana. Jag äter fast jag inte har aptit, korv äter jag. Och när jag ser på tv ser programmen ut som korvar. En känsla av tillfredsställelse infinner sig trots allt efter en tid över att inte längre behöva leva på skattebetalarna utan endast på korvätarna. I allt det grå är det en ljuskägla.

Arbetet kräver inte mycket tankemöda så jag har gott om tid att grubbla. Ändå kommer jag aldrig längre än till samma enda tanke: hur kunde han bara strunta i mig från en dag till en annan utan att vi ens hade grälat? Inte en enda gång grälade vi. Som jag uppfattade det älskade vi varandra. Så vad gjorde jag för fel? Varför? Varför?

Jag talar med Ali i telefon. Han ber mig komma hem igen men när han säger det låter han frånvarande, som om han bad mig stryka en skjorta åt honom. Vill du verkligen att jag flyttar hem? frågar jag. Då säger han att jag får göra som jag vill och skyndar sig att berätta om östra Svealands soltimmar.

Min syster mår inte bra så Svea bor hos Ali.

När jag hälsar på min syster och baddar hennes panna där svetten tränger fram frågar jag varför Svea har börjat klä sig i burka. Det började med en färggrann sjal, sedan en enfärgad, sedan en större sjal, nu en grå burka. Min syster förstår det inte heller men är för svag för att tala med Svea om det. Hennes sjukdom kommer i skov och ingen vet vad det är. Jag undrar om det kan vara ett fästingbett. I motsats till mig tycker hon om att vistas i naturen.

– Vi måste ha gjort något fel, säger jag.

– Det är en tonårsprotest.

Hennes röst är tunn.

– Hon får protestera på något annat sätt.

– Den skyddar mot sandstormar.

– Vi lever inte i öknen.

Hon lyfter huvudet men sjunker genast utmattad tillbaka mot kudden.

– Är du säker på det?

Jag svalkar henne med handdukar som legat i frysen. Jag åker och hälsar på Ali. Svea är där. Jag har med mig olika sorters korv. Vi äter korv, senap och potatis. Svea tar inte av sig sin mundering så jag vet inte säkert om det är hon som sitter vid bordet. Hur hon får in potatisen i munnen listar jag aldrig ut. Korven lämnar hon givetvis orörd.

– I Afghanistan tog de av sig den där så fort de kom innanför dörren, säger jag.

– Just det. Alla fuskar om man inte håller efter dem, säger Svea.

Ali påpekar att det är ett lågtryck på väg in över Norska havet. Jag ser på honom medan han omsorgsfullt skär upp korvarna i likformiga bitar innan han börjar äta.

– Ali. Varför är du besatt av vädret?

Jag ångrar genast att jag ställde frågan. Jag bryr mig ju inte om svaret.

– Vädret är pålitligt i all sin ostadighet. I det här landet finns fler olika väder och fler namn för dem än på andra ställen. Den som inte kan fascineras av det saknar något väsentligt i själen.

Han ser på korven på gaffeln som om den vore den enda i världen han hade att tala med.

– Vattenståndet skiftar hela tiden.

– Jag förstår, säger jag.

Klockan är halv åtta och han sätter sig framför tv:n. Jag åker därifrån.

—

På dagarna stoppar jag korvar i den kalla lokalen. På nätterna stoppar jag också korvar fast större. Flera söndagar åker jag till ålderdomshemmet där statsministerns mor framlever sina sista dagar. Där står jag sedan och väntar. Den söndag han äntligen kommer gående äts snön av dagsmejan. Han har några papper under armen, ifall det blir tråkigt kan han hänvisa till arbetet. Han är noga med sina flyktvägar. Han ser till att alltid ha ett möte efter ett möte så att han inte behöver fastna i det första mötet. Han försäkrar sig jämt om att kunna fly därifrån han nu är. När man upptäcker det är det förödmjukande, innan man upptäcker det överväldigas man av att han ändå tar sig tid för ens egen ringa person. Världen snärjer honom, han snärjer ingen. Alla bråkar med honom, han bråkar aldrig.

Jag står vid ålderdomshemmets automatiska dörrar. Han nickar som om han inte kunde placera mig.

– Jag vill prata, säger jag.

Han rycker ofrivilligt till. Han försöker ta kommandot genom att spänna blicken i mig men det går inte att spänna ögon som flackar. Att se honom rädd gör mig rädd.

– Kära Fatima, säger han och ordet kära är avlänkat från sin innebörd. Han kunde lika gärna ha sagt »Tjära, Fatima». Ingen ska tro att man kan få honom att prata om han inte vill – han träffar premiärministern av Storbritannien och kungen av Jordanien, varför skulle han gå med på att prata för att en förbrukningsartikel vill det.

Han är ordentligt uppretad.

– Kära Fatima. Nog visste du eller anade att jag redan hade ett förhållande. Men du blev ändå fruktansvärt upprörd över att vi slutade ses. Du beter dig som om jag hade förpliktelser mot dig, som om jag hade lovat dig något. Du jagar mig som om du inte fattat att det som var mellan oss, det som aldrig var något och inte borde ha varit något och aldrig kommer att ha varit något – är över.

Jag blir yr och måste sätta mig för att inte svimma men det finns ingen bänk så jag går ner på huk.

– Hade du ett annat förhållande samtidigt? Med vem?

– Jag har ett stadigt förhållande och det har du vetat från början.

– Med vem?

– Ett förhållande med freden och demokratin och med världssvälten. Det är en lång och evig förbindelse och den viktigaste i mitt liv.

Jag tittar upp mot himlen för att slippa se hans hårda ansikte där avsky sipprar ut ur varje veck och öppning. Jag ser moln som bäddas in och gör det mjukt och skönt för varandra. Ändå gråter de när de blir för många.

– Är mitt hår blodigt?

– Ditt hår ser ut som vanligt.

– Det känns som att blodet kör runt i det.

Jag känner på håret, det är kokhett.

– Jag har inte tid att stå här, säger han.

Hans blick är ett taggtrådsstängsel. Det är meningen att jag ska fastna på det.

– Hade du en annan kvinna medan vi sågs? säger jag.

För det måste ju vara något jag missat i det han sagt, en metafor eller nivå som gått mig förbi på samma sätt som när vi först lärde känna varandra och jag aldrig förstod vad han sa fast jag kunde tyda orden var för sig.

– Jag är för gammal för trassliga kärleksaffärer. Och jag behöver arbetsro. Jag har ett land att leda.

– Så du medger att det var kärlek?

– Nej.

– Du sa »trassliga kärleksaffärer».

– Jag sa arbetsro. Det var en tillfällig retning som inte har förekommit och aldrig kommer att ha förekommit. Men jag har pratat färdigt om det här. Gå hem och ta ut din man på svamppromenad.

– Det finns ingen svamp så här års.

– Gå ut och åk skridskor på våra blånande vackra isar.

– Jag lämnade min man.

– Hur kunde du vara så dum?!

– Jag hade träffat en annan.

– Vem då?

– Dig.

– Är du inte klok! Har du inget omdöme? Förstår du inte vad jag säger, det var förströelse, det var en integrationsåtgärd, det var vanlig hederlig upphetsning.

Det har aldrig inträffat.

– Det var kärlek. Jag älskar dig.

– Nej, nu räcker det. Jag är trött på att du betraktar mig som ett objekt som du kan gör vad som helst med. Vet du vad förresten?

Och nu byter han plötsligt skepnad. Han skiner upp vid tanken på det han ska berätta. Jag tänker att det måste finnas minst två, men förmodligen fler, personer innanför hans kropps skal. På något annat sätt går det inte att begripa hans absoluta avsaknad av gehör för stämningar. Nu är han plötsligt sprudlande, som om inget av det föregående hade sagts. Det är groteskt.

– Jag skriver på mina memoarer. Jag har tänkt göra det länge men tog tag i det under sjukhustiden, när jag hade tid att tänka. Skrivandet är ett fantastiskt verktyg för självförståelse. Jag ville bli författare som ung, och du vet vem som är min favorit. Men jag var för självkritisk till skillnad från alla dem som sätter pennan till papperet och publicerar varje infall utan att fråga sig varför. Jag kunde inte bli författare för så bra som jag vill skriva går det inte att skriva och då lät jag bli. Därför blev jag politiker i stället. Det är också en konstform men för den kan man bara få fredspriset. För att få det måste man först ha startat ett krig som man sedan kan stoppa. Och jag med det här lilla skitlandet kan inte starta några krig utan att det blir uppenbart att syftet är att få priset. Mina memoarer ska jag kalla *Han kämpar för att bli subjekt.* 'Han' i satsen är grammatiskt subjekt men köttsligt objekt, medan ordet 'subjekt' är grammatiskt objekt. Det är ganska fiffigt och det är jag själv som har tänkt ut det.

Han skrattar åt sina egna ord. Han kluckar inifrån sin avskärmning. Så vansinnigt nöjd med sig själv kan ingen människa ha varit förut.

– *Han kämpar för att bli subjekt.* Det är nog den bästa boktiteln som har hittats på. Hittills i alla fall.

Han försöker glittra mot mig som förr. Jag säger:

– Jag älskade ditt subjekt även när det bara var en predikatsfyllnad.

– Det är min makt du älskar.

– Den avskyr jag.

Det blixtrar till i honom, och han är stängd och hård igen.

– Men då så. Då avskyr du också mig. För jag är min makt. Jag är en monolit. Jag ägnar mig helhjärtat åt saker, en i taget, monolitiskt. Det betyder 'en sten', med betoning på en och inte på sten. Alltså något som är ett och odelbart, något som hänger ihop utan sprickor. Något äkta, ej fragmentariskt. Sådan är jag och vill vara. Om Sovjetstaten sa man monolit. Men en stat kan aldrig vara en människa så jag harmas inte av jämförelsen.

– Jag har älskat dig även med dina sprickor.

– Men se på oss, tycker du att vi hör ihop?

– De som älskar varandra hör ihop.

– Var har du läst det?

– I ett pekoral.

– Läs något bättre, läs något uppbyggligt. Läs något om Förintelsen, om Treblinka. Läs något som får dig att förstå att kärlek, det ämne som du så gärna uppehåller dig vid, intar en minimal plats i människans liv och historia. Det är en lyx som fria mätta människor kan unna sig. Inget för den som tar ansvar för världen. Inget för dem som ska halvera världssvälten. Och det kommer vi att klara. Vi har bildat en grupp som är ganska väl komponerad med folk från olika delar av samhällslivet. Det är ett starkt team vi har plockat ihop.

– Jag läste en bok om Treblinka. Där stod att det hände att de som fick arbeta i stället för att genast gasas inledde kärleksförhållanden.

Han för handen mot platsen där slipsknuten brukar sitta, men där finns inget i dag, bara en blottad strupe. Han bär tröja och fritidsbyxor.

– Med varandra eller med ... –

– Inte med dem som redan gasats i alla fall.

– Det måste ha varit en dålig bok om Treblinka. Det förstår var och en att Treblinka inte handlar om kärlek. Det handlar om ondska och hat, vilket är det enda som är av bestående karaktär. Ondska och hat ska vi ägna våra liv åt att bekämpa därför att det är det enda vi med säkerhet vet inte kan utplånas. Det viktiga i livet är att ta bort smärtan, inte att tillföra lyckan. Glöm bort allt som varit. Det var inte på allvar. Min mor väntar på fjärde våningen med nybakat.

—

Jag går punktligt till mitt arbete varje dag, månad ut och månad in. När det känns tungt tänker jag på hur lyckligt lottad jag är. För inte länge sedan var en anställning det enda jag önskade mig.

Med den fasta inkomsten lyckas jag så småningom få hyra en egen bostad, en trevlig etta med morgonsol i en närförort. Jag får fem veckors semester och köper mig en fin cykel som jag plockar isär och sätter ihop. När det blir sommar åker jag ut och cyklar på den, mil efter mil längs svenska vägar. Jag blir allt skickligare på mitt arbete. Jag börjar med Bratwurst på morgonen, sedan Kolbasz och Thüringerwurst. Många rader Kolbasz, Bratwurst, Thüringerwurst. Det är monotont, så medan korvarna paketeras räknar jag ibland på hur många Bratwurst man skulle få ut om man malde ner volymen av hans kropp. Hans själ skulle inte vara skrymmande så den räknar jag bort. Ett riktigt korvkalas för de svältande kunde det bli så att deras antal snabbt halverades. Och när de halverats kunde han avsluta sin relation med svälten och bara älska mig.

Det går månader, eller om det är veckor. Varje dag säger jag till mig själv att såren har läkt och att jag är fri från honom. När jag promenerar i stan på kvällarna och helgerna låtsas jag att det är på måfå, men jag kommer nästan alltid till hans hus. De få gånger jag avstår från att gå dit betraktar jag det som ett bevis på hur ointressant han blivit för mig. En dag kommer han hem i sällskap med en kvinna. Han ber henne stanna vid porten medan han går iväg för att säga något till en av sina vakter. Kvinnan ritar en figur i gruset med stövelspetsen. När han kommer tillbaka ler han mot henne som om bara de två fanns i världen.

Hela jorden blir tyst.

Det är en ohyggligt ful kvinna med ett ohyggligt fult leende. Sitt underbett bär hon som om hon köpt det dyrt och hon har den slöaste blick ett par ögon utstrålat. Så frågar kvinnan om han har kvar lergöken hon gav honom våren sjuttiosju. Då står allt klart för mig. Jag tänker att den dag jag blir vald till diktator ska sexuell förbindelse med sin egen dåtid betraktas som incest och förbjudas. De försvinner upp i huset, hon med sin slöa blick riktad mot ingenting, han med en hand på hennes axel.

Jag följer med in i porten. Det är en vanlig port i ett nästan vanligt hus. Han vill bo bland väljarna. Vakten nickar åt mig. Antagligen tror hon att jag fortfarande är hans högra hand. Jag smyger uppför trapporna i det tillstånd där tarmarna rör sig bortanför viljan. Kommer fram till hans dörr och ställer mig på knä vid brevinkastet. Det öppnas uppåt och inåt, jag ser hallen och halva sovrummet, men det är inget mot vad jag hör.

Om folk insåg vad man hör genom brevinkast skulle de spika igen dem och skaffa dubbla ytterdörrar. Han har dubbla dörrar men innerdörren står öppen. Jag hör till och med vad de viskar till varandra.

När de gett ifrån sig varsitt skri somnar de. Det

kommer in lite sol genom springorna i persiennen.

Sedan vaknar de och ger snart ifrån sig varsitt nytt litet skri. Sedan duschar de, han först, sedan hon. Han och jag brukade duscha tillsammans. Men det rörde sig ju bara om någon månad det vi hade. Det fyllde ett liv men pågick bara någon månad. Och det börjar bli längesen.

Nu äter de glass i köket. De sprutar chokladsås över glassen. Det är hon som talar, han sitter tyst. Jag hör en flaska vin öppnas. Hon pratar om reavinst och om vänner som sålt huset. Sina beskäftigheter uttalar hon på en förtorkad sydsvensk dialekt. Hur är det möjligt att han väljer denna kvinna?

Hon säger att han borde skaffa en duk till bordet, det finns billiga praktiska vaxdukar, påpekar hon. Hon visar gärna vilken duk han ska skaffa. Han kan ha en gul till påsk och en röd till jul och en blåklintsblå däremellan. Det är roligt att variera lite, förklarar hon. Man måste sätta färg på tillvaron om den ska få någon färg brukar hon säga. Om man vill vara mindre konventionell kan man ha en gul duk vid jul och en röd vid påsk. Det sätter allt myror i huvudet på folk det. Men oj, kan de säga, har du en gul duk nu vid jul, det var originellt.

– Jag kan inte ha något blåklintsblått, hugger han av.

De slevar i sig glassen, dricker sitt vin. Timmarna går, solen lämnar persiennspringorna, det skymmer. De tänder mysiga lampor. Mina knän värker men jag står kvar med örat mot brevinkastet.

Jag hör att kvinnan har munnen full och nu är det inte glass. Chocken kommer stegvis och fördröjt. Med sjuklig besatthet har jag älskat en man som föredrar en sådan kvinna framför mig. Kan lergöken vara hemligheten? Vad spelar han på den, internationalen?

Jag trycker ner handtaget. Dörren är inte låst. Han är konstig på det sättet. Vakterna springer runt och låser överallt efter honom och han låser upp. Alla äkta misantroper förväntar sig illvilja och ser till att underlätta för den. Och alla längtar de efter omvändelse. Misantropi är gäckad längtan som stelnat till dressyr.

Jag står i hans hall och stänger tyst dörren bakom mig. Så går jag in i sovrummet. Han ligger på rygg och njuter våldsamt med stängda ögon och krusade ögonlock. På kinden har han lite chokladsås. Han ser mig. Det vackra med skräcken är att den visar att vi vill fortsätta vara människor. Vi klamrar oss fast vid livet. Även misantroperna.

Han viskar mitt namn. Jag tycker om att höra honom viska mitt namn och att se den där skräcken i hans ögon.

Jag skulle vilja tillfoga dem svår kroppslig skada men varför tillbringa år i fängelse för hans skull. Så jag bara står där och tittar på dem. Jag får nöja mig med att ha fått övertaget till slut efter hans långa maktuppvisning. Hans kvinna skyler sig och rusar mot köket. Jag hoppas att hennes sneda gravstenar till tänder en dag biter riktigt hårt så att han minns våren sjuttiosju och alla andra vårar med ångestens frossbrytningar rasande genom kroppen.

Jag lämnar rummet utan att ha sagt ett ord. Genom trapphuset går jag och ut i kvällsmörkret, tänder en cigarett och kastar tändstickan i tidningshögen nere vid porten. Antingen kvävs den eller så river papperet tag i elden.

Medan jag går nerför trappan står det klart för mig att jag äntligen funnit min identitet, min sanna essens, min enhetlighet. Romben har mjuknat i kanterna och flutit ut till cirkel. Om jag bara hade känt till detta när jag träffade rekryteraren den där gången hade utfallet blivit ett annat. Vem är du? hade hon frågat. Jag är försmådd, hade jag svarat. Varifrån kommer du? Från de försmådda. Vart ska du? Dö som försmådd i de försmåddas land.

Ett uppbåd av hans vakter står och väntar på mig. De ber mig sätta mig i den svarta bil som körts fram. Jag gör inget motstånd, argumenterar inte. Vi åker genom staden och stannar framför en stor byggnad. Jag leds in i den och förs till en cell där jag ska klä av mig. Natten ska jag tillbringa naken. På morgonen får jag äta ett kokt ägg, sedan vänta i ett skinande rent vänt-rum, därefter svara på frågor. Husets väggar är av sprutlackerad masonit. Jag är inte säker men det kan vara samma hus som jag var i den gången då min cirkels area skulle bestämmas. Ja, där ser jag sikhen som vattnar blommorna och målar grönfärg på bladen.

Jag blir hämtad och vi går längs en korridor. Jag

uppger mitt personnummer utan att de ber om det och förs in i ett nytt rum. I rummet väntar en person på mig bakom ett skrivbord. Sina fyrkantiga friska tänder visar hon i ett välkomnande leende.

– Har du ont i ögonen?

– Nej.

– Du blinkade som om du hade ont. Men det kanske bara var ljuset.

På skrivbordet mellan oss ligger pappersbuntar, så höga att kvinnan inte syns från halsen och neråt.

– Är allt bra med dig?

– Ja.

– Vad har du gjort sedan sist?

– Inget särskilt.

– Nej.

– Jag fick ett arbete sedan.

Det verkar inte intressera henne. Hon lägger en förflugen hårslinga bakom örat.

– Du har uppgett felaktiga uppgifter. Hur länge har du gjort det?

– I många år.

– Helst ska man inte säga sådant. Ett par gånger kan tolereras, sedan börjar det antas vara systematiska lögner.

– Av vem antas det?

– Av oss. Det är inte maskiner som sitter och antar sådant utan människor. Du har uppgett att du kom till Sverige i en träbåt som tog in vatten, att ni var fem per kubikmeter och bara hade ett öskar. Vi har inte hittat några uppgifter som bekräftar den utsagan. Du har också uppgett att du i ditt hemland var sockerbagare.

– Ja.

– Vi har sökt men inte funnit någon som ätit dina kakor. Vi har finkammat Kabylien och ingen minns dina kakor. Varför har du ljugit?

– Jag har aldrig påstått att mina kakor var minnesvärda.

– Varför går du omkring och sprider uppgifter om att du varit i Washington med Sveriges statsminister?

– Vi var ... älskande. Jag älskade honom.

– Det kan man inte göra. Ingen gör det.

– Vi skulle tillbringa livet tillsammans. Sedan hände något. Jag har ännu inte lyckats fatta varför han bara lämnade mig utan ett ord.

– Man lever det liv man blivit anmodad att leva, det gör vi alla och det måste duga även åt dig. Du har nog inte förstått det ansvar det innebär att vara medborgare, att vara människa.

– Jag känner mig lite naken. Kan jag få ta på mig något innan jag börjar försvara mig.

– Du ska inte försvara dig. Det finns inget att försvara sig emot eftersom inga anklagelser har riktats mot dig. Du har fått vissa faktapåståenden upplästa för dig. Det är din rättighet. Så gör vi här i vårt rättssamhälle, låter folk veta vilka fakta som talar emot dem. Ingen kräver att du ska försvara dig. Du ska tvärtom få åka ut och resa på vår bekostnad. Även det på vår bekostnad.

Hon ger mig märket att fästa på kläderna, som jag nu får ta på mig. Sedan körs jag till järnvägsstationen och placeras i en vagn tillsammans med många andra. I varje vagn finns vatten, kaffe, smörgåsar och torra kakor. Jag har inte ätit kakor sedan jag jobbade på regeringskansliet och tänker att det ska bli gott med en kaka. Tåget sätter sig i rörelse. På stationen står kungen och drottningen och vinkar med varsin näsduk. Kungen känner inte igen mig men det kan man inte begära. Vi träffades bara en gång. Hela vagnen vinkar tillbaka mot kungaparet, tacksamma över detta uttryck för värme och uppskattning som strömmar från statschefen och hans familj.

– Vilka sköna säten, säger en äldre kvinna till mig när tåget får fart. Men kakorna är torra och hårda.

– Det här är ett förunderligt land, svarar jag. Här är sätena mjuka, inte kakorna.

– Fast man kan inte äta säten, säger hon.

– Visst kan man det, säger jag och betraktar landskapet som ligger där det ligger. Orörligt, likgiltigt, stumt.

del tre
ur en statsministers kvarlämnade anteckningar

Mot mig kom barn och ville sälja majblommor. De hade fläckiga kinder och bedjande ögon. Vuxna såg oss så jag måste köpa. Jag köpte och köpte och gick sedan gatan ner med tio blommor på rockuppslaget och sönderstuckna fingrar.

Varför låter vi oss styras av barn bara för att de funnits en kort tid? Tids nog blir de vuxna och ägnar semestern åt att montera inbrottslarm. Men innan dess är de heliga. Det är deras vädjande jag inte kan tåla. Utpressningsmakten från dem som saknar makt är den största makten. Allt är någon annans fel i post-samhällena. *Någon annan* har rest murar omkring dem och när murarna rivits är det *någon annan* som måste bära de misslyckade över till andra sidan. Väl där surar de livet ut och säger: tro inte att jag tänker vara på er sida.

Ingen tycks minnas hur lömska barnen är. Jag minns lömskheten och bär på min barndom som en nyförlöst kvinna bär på en kvarlämnad moderkaka. Den förgiftar henne om den inte tas ut i tid.

Hur grym människans ensamhet är. Bara när alla vet att man finns finns man på riktigt. I de okändas anleten ser jag misär, och osynliga ska de dö. Jag föreställer mig ibland på lek våndan om jag dör vid deadline. Redaktörer, som generas med att vara i fel säng med fel person, blir tvungna att täcka över de privata spåren vilket blir viktigare än sanning och rikets säkerhet. Och det gör de rätt i. För dem bör det vara viktigare. Jag ska försöka dö vid en tidpunkt på dygnet så att alla får sitt. Kommer de att sända min begravning i tv? Kommer de att visa bilder från den utomlands? Om jag verkade i ett stort land skulle det räcka med min död men nu är landet litet och jag behöver vara aktiv ända till slutet för att det ska ske. Till och med den svettige, svullne föredettingen Ron Ziegler i sin för korta gabardinkostym fick en runa i svenska tidningar. För det måste man ha varit Nixons pressekreterare och Nixon måste ha varit med om Watergate. Ens egen storhet har med landets viktighet att göra, i alla discipliner. Det är orättvist. Ron Ziegler i sig själv hade inte förtjänat detta.

Efteråt är det spåren man ser. Om spåren gjort mänskligheten väl eller illa spelar ingen roll. För ett idealt eftermäle där min samvetslöshet kläs om i målmedvetenhetens styva dräkt borde jag ryckas bort med våld, med blödande våld mitt i min gärning. Men jag tror inte att jag orkar ordna det.

Jag föreställer mig att man ska visa mitt ansikte i världens alla vardagsrum, även på en avlägsen ögrupp, när jag dör. Med tanke på hur många vi är finns det något oerhört i en sådan livsgärning; att slå sig fram bland sex miljarder och bli en av de få vars ansikte visas efter döden. Blir jag gammal hoppas jag att bilderna de väljer är från min krafts dagar.

Jag springer, cyklar och lyfter vikter i regeringens källargym. Min doktor luktar vin klockan tolv på dagen. Han säger att jag har god kondition. Men månne röstar han på motståndaren, ser en cancersvulst och tiger om den för att få mig ur vägen? Själv tänker jag ofta ut metoder att bli av med folk. Kulturministern vill jag gärna ta av daga när hon talar sig varm för folkmusiken på fäbodvallen. Den ligger henne »särskilt varmt om hjärtat», säger hon. Du har inget hjärta, tänker jag.

En folkmusik utan folk, en vall utan fäbod men med mycket kor som lyssnar och ackompanjerar med bjällror. Jag företräder ett folkets parti. Vi ger anslag till folkmusiken. Vi ger anslag till fäbodvallen och nya strängar på fiolen åt barn som inget hellre vill än att kasta den i soptunnan på väg från lektionen. Åt allt möjligt ger vi anslag. Åt forskning som visar att korna mjölkar bättre om de hör musik. Och vi förstår vikten av att torrmyrens tallar lyssnar. Vi ser allt som en helhet. Jag är trött på helheten.

Men ingen anar hur jag känner inför fiolmusik på fäbodvall. På regeringsmötena sitter jag tyst när frågan kommer upp.

Jag har varit i Dalarna, visst har jag det. Det ingår i

varje svensk medborgares plikter. »Du åker nu in i världens längsta kurva» – Dalarna. I de leende landskapen har knätofsarna ersatt näsmätningsinstrumenten men de har samma funktion. Jag dras till karga platser där man blir varse att man är människa. Västerbottens inland, Karelen, Kolahalvön.

När min far åkte Vasaloppet gav jag honom sportdryck i Oxberg och åkte sedan till Mora med bil. Resten av jordens befolkning åkte också till Mora med bil just då och vi satt alla fast. Far hann i mål och blev kall. Hans överdragskläder låg i bilen. Han fick lunginflammation och dog. Vad gjorde vi överhuvudtaget där han och jag, i Dalarna tillsammans? Ur spår far, jag vill förbi.

Jag har bott på illaluktande pensionat i sätersommar och sätervinter och stirrat in i gulnade dalabonader prickiga av döda myggor. Sylta och safta, rosor på kind. Om de bara förstod att dölja hur bra de mår. Ingen vill höra talas om er skidtur medan bullarna jäste. Ingen vill höra hur väl ni står upp mot centralmakten i Stockholm. Skaffa er en vänort i Baskien, det rekommenderar jag er.

Jag har läst lektyren i pensionatets nattygsbord, turistbroschyrer om Siljans fröjder. Jag har läst dem igen när jag läst ut dem. Har man förstått lokalpatriotismen behöver man inte studera antropologi eller etnologi på dyra universitet. I byn finns det man behöver för att förstå världen. Om jag kom för att mäkla fred mellan två stridande byar skulle de med bröders vällust kasta sig över mig och slita mig i stycken.

Man kan börja i ännu mindre skala, familjen. Dess själsliga rörelser är byns, som är länets, som är nationens, som är kontinentens, som är jordens mot marsvarelsernas angrepp. En invasion från andra planeter är det enda som skulle kunna ena oss.

Jag vill inte förevisas fler skidbindningar på hembygdsmuseets timmervägg.

Redan sättet kulturministern uttalar ordet folk på ger mig rysningar. Folk som i folkdemokrati och fäbodvall. Kulturministern säger att jag är folkföraktare. Hon vet inte hur rätt hon har. Jag föraktar inte bara folket, utan också människor och djur, växter och träd. Men livet och mänskligheten håller jag av. Jag dyrkar dem såsom jag dyrkar schack. Jag spelar aldrig men njuter av spelets idé, schackbrädets tydliga avgränsningar, pjäsernas ömsom rundade ömsom rätvinkliga former.

På resorna är det ensamt. Jag strövar längs okända gator i Rom som lyser i ockra. Över staden hänger tunga moln och när regnet kommer flyger till och med piazzaduvorna och gömmer sig. I ett antikvariatsfönster strimmigt av damm och regn ser jag en vacker bok. Jag går vidare men kan inte glömma boken som stod där och väntade på att bli min. Jag blir så uppfylld av tanken på att skaffa boken att jag har svårt att sova på natten av oro för att någon hunnit före och köpt den.

Bokens titel säger mig inget, det är händelsen som sådan jag finner speciell, att jag står i en romersk gränd med en vacker bok inköpt på antikvariat. Episoden framstår redan som om den skett för länge sedan och bevarats i mitt minne. På morgonen går jag tillbaka till bokhandeln. Jag beslutar att ge boken till mig själv i födelsedagspresent och innehavaren slår in den i brunt omslagspapper. Vid lunch kan jag inte hålla mig utan tjuvöppnar paketet och börjar läsa. *Eko och Narcissus* heter boken. Efter fyra sidor har redan flera minuter gått, min italienska är sämre än jag trodde. Jag har läst fyra sidor av det mesta i världslitteraturen. Felet med litteratur är att språket för långsamt kommer in i kroppen, eller om det är själen, via ögat. Andra konstformer går in via fler passager. Det blir inte lika trångt som i ögats smala gränd.

Jag fångar en kvinnas blick vid ett av fönsterborden. Hon ser på mig flyktigt och återgår till menyn. Jag låtsas läsa lite till innan jag tittar dit igen. Då håller hon kvar blicken. Jag går fram till hennes bord och visar henne en tidning med ett foto taget i går av mig och landets premiärminister. »Sono io», säger jag. På bilden är jag huvudet högre än premiärministern. Kvinnans löksoppa kommer in och hon släcker sin cigarett. Hon vill äta men jag kan inte gå utan att hon reagerat. Jag upprepar det jag sa nyss och slår lätt med handen mot bilden. Då tar hon tidningen och bläddrar fram till familjesidan och pekar på en dödsannons. »Sono io», säger hon. Hon sliter i brödet och äter sin soppa. Vad menar hon? Det låter som att hon menar att hon är död. Det är hon inte. En sådan gasellkropp kan inte dö. Jag bestämmer mig för att aldrig ha sett henne. Att det var hon som missförstod och trodde att jag gjorde ett närmande. Jag gör inte närmanden eftersom jag för länge sedan beslöt mig för att aldrig bli avvisad. Man kan undvika mycket smärta genom att bli den som definierar vad som är vad.

Boken lämnar jag att ruttna bredvid fisken i min portfölj. Efter mötet i går bad jag att bli körd till salutorget. Jag älskar dessa torg i sydliga länder, alla handlarna med läderartad hy, det härliga brödet, de runda tomaterna och de blanka nyuppdragna fiskarna. Jag köpte en färsk fisk. Det var en underlig sak att göra när jag varken har kylutrymme eller matlagningsutrymme här. Men jag kunde inte motstå där den låg och flämtade med öppen mun.

Att träffa påven kändes som en lättnad i jämförelse med mötet med kvinnan på restaurangen. Vi stod tillsammans vid det välvda ornamenterade fönstret och såg hur en duva på den öppna platsen nedanför oss fastnade med näbben i en aprikos. Den försökte skaka loss frukten men då trycktes aprikosen bara in mer och mer. Duvan gav upp och flög iväg, framtung av sin aprikos, droppande av saft.

– Vad lär denna scen oss om livet? frågade påven med det darrande krokiga pekfingret riktat mot fågeln.

– Att man inte ska kasta frukt på marken? sa jag med frågetecknet som en ängslig snara runt halsen.

Men jag behövde inte vara rädd, för med det svaret nöjde han sig. Jag blev förbluffad, jag trodde att han haft något grandiosare i tankarna. Därefter talade vi otvunget om vad som föll oss in. Eftersom jag var svensk ville påven tala om heliga Birgitta, vars avtorkbara bilder han haft på sitt pojkrum. Själv ville jag tala om Bibeln.

– Finner du det inte egendomligt, frågade jag, att Jesus somnade i båten precis när det gick hög sjö?

Då rann lättsamheten av honom och han slutade att darra. Jag darrade desto mer när han vände upp sina kolossala ögonvitor mot mig. Jag har för vana att tala för mycket när stora män tystnar, för mycket och för snabbt. Snubblande och omständligt berättade jag att någon berättat för mig, en kvinna som älskade mig, att det fanns grisceller mot den darrande sjukdomen.

– Använd dem då, hedning från norr, klippte han av och såg ondsint på mina ryckande händer.

Några svar på mina bibelfrågor fick jag inte. Han klargjorde att om mitt land haft en statsminister med annan läggning och intellektuell kapacitet hade han velat tala om sin åstundan att se Sverige katolskt igen efter de olyckliga århundradena av separation.

– Tiden sedan Luther är er onödiga epok. Ni har förlorat fem hundra år.

Som barn fruktade jag min far. Jag kunde aldrig åstadkomma något som var rätt nog eller märkvärdigt nog för att han skulle se att jag fanns. Fastän han inte noterade min existens upplevde jag det som att han ständigt var arg på mig. Och mor tog fars parti för att inte själv få stryk. Jag insåg att man är ensam i världen och att det är bäst så. Ingen vill ändå komma nära, ingen kan förstå en, ingen vill en riktigt väl. Sedan dess skrämmer mig arga människor mer än allt annat, människor som är arga på mig. Därifrån kommer min omvittnade vänlighet och charm. Ingen är arg på den som charmar dem och får dem att känna sig viktiga. Problemet är att folk så ofta misstar min vänlighet för intimitet, den är precis motsatsen, och tror att jag vill vara deras vän. De börjar kräva saker.

Vänligheten ligger som en hårt spänd presenning över min själs grynnor och skär. Vad de ser av mig är mitt varma leende. Också hajen log, filmen igenom.

Kroppsminnet av fars ursinniga gestalt kom tillbaka till mig vid påvens ogillande. Förstenad grep jag tag i hans tjocka sammetsgardin. Men då lyfte påven glaset med grappa och sa:

– Närmare Gud till dig.

– Härlig är jorden, sa jag, höjde lättad glaset och drack mig hastigt berusad.

Jag går och handlar isterband och potatis. När jag kommer tillbaka har det nästan blivit fred på ett ställe, en kommentar behövs. Jag begår ett misstag. Jag glömmer att balansera islamismens blodiga maktanspråk med imperialismens och Europas ännu blodigare koloniala historia. När jag inte får mat i tid förlorar jag skärpan. Då händer det att gränsen suddas ut mellan vad jag anser och vad jag kan säga att jag anser. Jag tappar det förra. Det senare tappar jag aldrig. Inte någon gång har jag sagt något olämpligt, inte ens när mina åsikter närmat sig det oacceptabla och det onämnbara. Inte heller i dag sa jag något olämpligt. Misstaget jag gjorde var att försumma att tillägga det lämpliga.

Till slut fick jag njuta mitt isterband, min stuvade potatis, min öl i tystnad och jag såg åter världsläget kristallklart framför mig.

Kulturministern kommer in på mitt rum. Hon frågar om jag sett askkoppen som hon ska visa en gäst som exempel på svensk politisk design. Jag vet inte vilken askkopp hon menar. Men däremot har jag en tändare i guld som jag fick i present av Zimbabwes diktator. Jag är mycket fäst vid den trots att han är diktator. Jag lånar den av svenska staten tills jag avgår. Eventuellt tar jag med den hem då. Den är ju så liten. Jag frågar hur designen på en askkopp kan vara politisk. Hon tror att min fråga är spydig men jag försäkrar henne att den inte är det. Hon svarar att all modern design är politisk. Det ger makt att forma föremål som vanliga människor ska ha omkring sig i sin vardagsmiljö.

Jag begrundar hennes ord.

– Jag förstår att jag borde förstå detta, säger jag.

– Askkoppen är gjord så att askan åker ner på underlaget som askkoppen står på. Det går inte att aska i den. Om inte det är politisk design så vet jag inte vad som skulle vara det.

– Askan samlas alltså inte upp i askkoppen?

– Just så.

– Vill de att vi ska förstå att vi borde sluta röka eller vad är meningen?

– Den får du tänka ut själv.

För att vara kvinna är kulturministern mycket outgrundlig. Hon betraktar mig med sina otäcka, penetrerande, ljusa ögon och frågar:

– Den där kvinnan i vaktmästeriet, hur har du det med henne?

Jag sitter stilla för att inte visa någon sinnesrörelse. Jag trodde inte att någon hade märkt.

– Hur hamnade hon här egentligen? fortsätter kulturministern. En dag bara stod hon på ett torsdagssammanträde. Jag minns det tydligt. Hon hade inga svar på någonting, ändå sa alla att hon hade öppnat deras ögon. Jag tyckte inte hon sa en vettig sak.

Till min förvåning blir jag stött, rentav sårad. Jag tar av mig kavajen och hänger den på galgen vid dörren.

– Det var väl därför hon passade så bra in hos oss, säger jag.

– Ni blev förälskade ni två.

– Jag blir aldrig förälskad.

– Ni hade väl en kärleksaffär?

– Vem?

Hon skrattar ett torrt, genomskådande skratt. Jag knäpper upp manschettknapparna och viker skjortärmarna några varv. Det blir varmare för varje minut som går. Jag avskyr att den dumma kulturministern tar sig den här makten över mig. Hon bara står där och ser in i mig, ser alla mina motiv, ser att jag försöker vinna tid, ser att jag inte kan gömma mig. Vid nästa regeringsombildning blir hon landshövding. Hon må ha kvinnorna, landsbygden, glesbygden, invandrarna och filmregissörerna på sin sida. Här kan hon inte stanna. Just därför kan hon inte stanna.

– Var gjorde du av henne sedan?

– Inte vet jag vad hon gör. Här verkar hon inte jobba längre i alla fall.

Jag skulle kunna be henne gå men hon utsöndrar en seg visshet som gör mig handlingsoförmögen. I skydd av andra går det att avfärda henne, håna henne, men när det bara är vi två är hon skrämmande.

– Hur hittade du henne?

– En slump. Jag bad det snyggaste och yngsta statsrådet att åka ut och plocka upp någon med mångfaldigt utseende.

– Det verkade som att ni kände varandra redan när hon kom.

– Nej.

– Rummet blev elektriskt.

Jag river bland några papper för att hon ska förstå att det är dags att gå. Hon rör sig inte. Jag får inte tappa behärskningen. Det kan hon utnyttja senare.

– Du har rätt, säger jag. Jag kände samhörighet med henne. Jag kände samhörighet när en av hennes första frågor var varför det äts så mycket kakor i maktens korridorer. Jag har alltid undrat detsamma. Överallt dessa kakor och vetelängder. Inte är de särskilt goda heller, man bara äter ändå. Den som vill vara folkets representant måste räkna med att gå upp i vikt. Det är inte rimligt. Jag kände släktskap med henne då. Hennes fråga hade inte ställts förut. Och det var knappast meningen att jag skulle känna släktskap, för då var ju hela idén förfelad, då var det inte mångfald. Så hon var en felrekrytering.

– Hon blev säkert ledsen när du tröttnade på henne. Du kan vara så charmant i början när du skimrar med ögonen. Hon trodde förstås att du ville ha henne. Och du lät henne tro det.

– Nej, hon blev inte ledsen.

Jag har gått fram till bokhyllan för att leta efter en bok. Kulturministern ser sig om efter askkoppen en sista gång och går.

Boken är en katalog om Rodtjenko. De intresserar mig, alla dessa raka geometriska figurer. Kandinsky, Malevitj, Rodtjenko, Mondrian. På andra sidan gatan lutar sig kvinnan som brukar spegla sig naken ut och släpper en pappersvala. Jag vill springa och hämta svalan, där står säkert ett hemligt meddelande till mig. Vid sitt fönster har hon ett staffli, samma tavla har suttit där länge. Ibland ser jag henne gå fram till staffliet och titta på tavlan – då har hon gjort ett dagsverke tycks hon tänka för sedan går hon ut i köket och häller upp en drink för att lätta på trycket. Andra dagar arbetar hon mer. Då blandar hon en färg och drar ett streck varpå hon hoppar bakåt som om fått en stöt. Så ut i köket där hon äter något från en kartong. Hon är mycket fet. Att fatta beslut som rör en hel nation, hela kontinenter ibland, företer nog likheter med skapandets våndor. Det förstår jag när jag ser henne. Jag drar upp skjortan ur byxorna och rör med fingertopparna över ärret. Det är skönt. Jag önskar att det inte var mina fingertoppar.

På kvällen går jag och ser Noshörning av Ionesco för andra gången. Jag känner mig som den hudlöse mannen som blir ensam kvar då alla andra har förvandlats. När jag kommer hem har lägenheten en särskild sorts tystnad. Den är tyst på samma vis som de enorma vattenfallen.

På väg från mamma en söndag möter jag en hund som jag nästan trampar på. Den är lika gråmelerad som naturen. Om jag trampat på den hade den kunnat bita mig i ljumsken. Då hade jag kunnat få rabies. Det hade blivit löpsedlar och inställda sessioner. Och långt senare, hundratals år senare, skulle fnissande skolklasser stå på Nationalmuseum framför en monter: »Den här lilla torkade slamsan ni ser i montern satt en gång på statminister X. Det lär ha varit hunden själv som kom springande förbi arkivarien med statsministerns organ mellan tänderna. Arkivarien var ute på sin sedvanliga skogspromenad när han fick syn på hunden och bytet. När statsministern i samma veva sökte vård med omfattande blodförlust klarnade sambanden. Sedan den dagen kallades statsministern i folkmun–»

Detta folk igen, folkmun, folksjäl, folkets röst. Jag måste få träffa dem någon gång eller be en obducent obducera deras gemensamma kropp.

Antagligen anfäktar mig denna makabra fantasi därför att jag samma vecka haft besök av representanter för kamphundarnas riksorganisation. De är missnöjda med den negativa publiciteten och vill att regeringen ska inskränka yttrandefriheten på området för hundkritik. De ser kritiken och diskussionen som hets mot folkgrupp. Vilken folkgrupp? undrar jag och räknar sekunderna innan jämförelserna kommer, de som utan undantag kommer – häxjakt, bränna på bål, indianerna, de svarta, Hitler och judarna. Hitler och judarna är alltid sist i crescendot. Ingen grupp litar på att deras eget förtryck räcker. De måste jämföra sig med de mest förtryckta genom tiderna. Alla är släkt med offret, ingen med förtryckaren. Så vem är förtryckaren?

Kvinnan framför mig med sin hetsade pitbullterrier, hon som nu vill ge sig själv status av offer för häxjakt skulle ha stått närmast brasan när häxbålet brann, senare skulle hon ha kastat böckerna på elden och tagit jobbet som lägervakt mot en extra skål proteinförstärkt hundmat.

Nu står hon här och är diskriminerad.

– Man säger att våra hundar dödar barn, säger hon. Det har hänt ett fåtal gånger. Hur många barn dör inte av vårdslösa föräldrar? Ingen förbjuder vårdslösa föräldrar. Hur många barn dör inte i trafiken? Ingen förbjuder trafiken. Våra hundar är snälla.

– Även när de dödar dessa fåtaliga barn?

– Då har barnet antingen gjort något som retat hunden eller också har det slagit slint i hundens huvud. Man kan inte gardera sig mot allt. Det är farligt att leva. Det kan slå slint i en människas huvud också.

– Så vi borde förbjuda människorna?

– Ja, dem som uttalar sig nedsättande om oss. Vi har rätt till våra hundar. Det är väl ett fritt land?

– Synbarligen. Du är här.

– Man kan få en takpanna i huvudet och dö och man kan halka på en isfläck och dö.

– Därför sandar vi isfläckarna, sätter fast takpannorna efter bästa förmåga.

– Du är inte djurvän märker jag.

– Jag är inte vän med någon. Bara med mänskligheten och djurriket.

Hennes fingrar kliar ett sårigt nickelallergiskt öra, behängt med tio metallringar.

– Varför har vi en djurhatare till statsminister?

– För att inte tala om en analfabet som kulturminister, en tjockis som idrottsminister och en lokalpatriot som utrikesminister. Det är människorna som har valt mig. Folket till och med.

Hon vädrar plötsligt morgonluft.

– Och se hur det blev. Tycker du att det är ett bra samhälle vi lever i när bara människor har rösträtt? Tycker du att detta samhälle är något att bevara, försvara? En utvecklingsstörd människoidiot har rösträtt men inte den intelligentaste hund som kan rädda människor från att dö. Som gör humanitära insatser. Som hjälper blinda att leva och polisen att fånga brottslingar.

– Vi måste bygga om valbåsen i så fall. Det kostar miljoner.

– Gör det då. Bygg om valbåsen.

– Och göra om alla blanketter så att det räcker att lägga tassen på ett papper.

– Ni bygger ju rullstolsramper.

Jag skakar kvinnans hand. Hon vill att jag ska skaka hundens tass också men då för jag ut henne handgripligen.

Jag läser Einsteins brevväxling med Freud. För att vara geni har Einstein konventionella argument om fred och krig. Det är skönt att se. Som barn trodde vi att genier var bättre på allt, att de till och med borstade tänderna på ett mer genialiskt sätt än andra. Jag brukade tänka att jag var ett geni utan att veta om det. Genier vet väl inte om när de är genier? Som barn oroade vi oss för att solen skulle slockna eller bli varmare så att vi brände oss. Jag oroade mig bara för att den skulle slockna medan jag levde. Sedan kunde den få slockna, det tycker jag än i dag. Inte kan man kräva att den ska lysa i all evighet. Jag oroade mig även för vart all avföring tog vägen. Att vi en dag skulle behöva bada i avföring när reningsverken och haven blev fulla. Jag oroade mig för världens fortlevnad, för att bli arbetslös och hamna i rännstenen. Jag förberedde mig på att i så fall dö eftersom jag inte kunde komma på något argument för att jag skulle få leva om jag inte själv kunde anskaffa den mat jag behövde för att fortsätta. När jag blev lite äldre oroade jag mig för att behöva ta jobb som telefonförsäljare. När jag blev minister oroade jag mig för att kloakarbetarna skulle säga: »alla människor måste solidariskt dela på exkrementarbetet, vi står inte ut med att vara i kloaken hela tiden». Med min ideologiska grundsyn skulle jag nämligen inte med äkthet ha kunnat framföra ett motargument. Jag vill absolut inte arbeta i kloaken även om det enda anständiga vore att vi delade på sådana uppdrag. När jag tar upp saken med oppositionsledaren, som är min vän, brukar han lugna mig med att säga att människor ska arbeta med det de har fallenhet för. Han kan hävda det, jag kan det inte. Men kloakarbetarna har hittills aldrig sagt det jag oroade mig för att behöva höra.

Jag hade ambassadören Schantz på middag i kväll, tillfälligt hemförlovad då hans stad är under missilattack. Ambassadörens hals är så kort att huvudet sitter direkt på axlarna. Han har ett talfel eller en sociolekt. Efter middagen spelade vi Monopol och Mozart. Han hade en utläggning om missiler som potensuppvisning. Han ansåg att den är missilens och krigets främsta orsak. Beviset skulle vara missilens form. Ingen i vår tid skapar ett feminint runt vapen som kanonkulan, sa han nöjt, gav ifrån sig nöjda ljud och drog nöjt upp sina byxor vid ljumskarna.

Jag fattade inte vad han menade. Jag slog omkull mitt vinglas. I sällskap med dem som är säkra på sig själva känns mina armar felplacerade och för långa.

– Blir vi klokare av att säga att medlet för död och lemlästning är penisformat? frågade jag.

– Ja.

– Av verkligheten gör vi en saga som vi sedan avläser för att förstå verkligheten?

Fru Schantz blängde ilsket när hon bröt in:

– Förnekar du att missilen har formen av en fallos?

– Missilens form är avlång med en rundning fram, sa jag. Liknande form har till exempel människan, åtminstone på håll. Är då varje människa en symbol för den erigerade penisen.

– Det verkar inte bättre, sa ambassadören.

– Bara när hon står upp väl? sa hans hustru.

– Och vad vinner vi för förståelse med det? sa jag.

Ambassadör Schantz pustade och stånkade när han

böjde sig fram över spelbordet och flyttade sina pjäser till en annan gata.

– Att man får oanvändbar information om människan av att se henne på håll, sa han. Det är myllret vi måste in i för att förstå något om henne. Men vi vill inte in i det. Är det inte så inom hela statsförvaltningen och världspolitiken? Och i det ljuset är det relevant att både missilen och människan är falliska. Om man skapar en parallell sanning bredvid den riktiga och konsekvent håller sig och förhåller sig till den parallella så är det den som räknas.

Även när ambassadören vet att han gör något klandervärt får han det att verka som det enda raka. När han är falsk är han det med en äkthet och uppriktighet som vinner allas respekt. Han njuter av att ha sett igenom allt taskspel och se till att det består. Att vara moralisk är att hyckla. Han kommer från en lång rad av ambassadörer.

Han sög på en slapp cigarett och fortsatte:

– Någon fattig sate ligger på knä i åkern och drar upp en fallosliknande palsternacka, när en fallosliknande missil slår ner och blåser ögon och inälvor ur denna lilla mänska som råkat födas i fel land och nu dessutom ligger i fel rotfruktsland. Men så nära ska man inte betrakta det skedda. Man kan i stället notera att händelsen bekräftar att det falliska är människans urtillstånd. Utan fallosen skulle ingen ens kunnat ligga i någon rotsaksodling. Har man då oturen att missilen kommer just där får man väl söka skydd i en grotta.

Det är inte mer med det.

Cigaretten hade blivit så blöt mot hans tunga att papper fastnade på läppen.

– Du kanske ville ha en cigarett? sa han.

– Jag röker inte.

– Det var tur det, för jag har ändå ingen mer.

Han tyckte att han sagt något roligt. Han kluckade och skrockade, hans bröstkorg hoppade och han torkade sig i pannan som var blank och köttig.

Det är i ögonblick som dessa jag känner mig avgrundslöst ensam. Då längtar jag så att det värker efter arabiskans smekningar och kärleksfulla omsorger. I ögonblick som dessa. Annars tänker jag aldrig på henne eller någon annan. Jag koncentrerar mig på mitt, det är enda sättet att komma framåt, få något gjort. Att inte låta sig avledas.

Ibland försöker jag skriva på mina memoarer. Det är en liten senig gubbe på Arbetarrörelsens arkiv som ständigt är på mig om saken. »Du måste skriva som dom andra har gjort före dig», säger han när vi råkar ses under olika fanborgar. Han uttalar det *memarer*, måste skriva dina memarer.

Men jag drar mig för det. När jag skriver bara för mig själv känns det naturligt men så fort jag tänker mig en publik är det något som stelnar i mig. Det är som att jag skriver någon annans memoarer. Hittills har jag åstadkommit detta:

»Som barn var jag mycket kort. 'Kort i rocken', sa man. Småningom växte jag ikapp de andra pojkarna. Då kom flickorna in i bilden. Den första flickan jag kysste hette Berit. Det var i en portuppgång. Hon smakade hallon och pepparmint. Hon hade långt hår och skrattgropar i kinderna. Hennes far var fabrikör. På helgerna åkte de till landet i en bil av svenskt märke, läsaren förstår säkert vilket. Den första flickan är den man aldrig glömmer. Hon var femton och jag sexton. Vi var båda ganska tafatta där vi stod i portuppgången. Jag minns att där också stod en kasserad gammal svartvit tv som skulle forslas bort. Utveckling är något vi alltid måste bejaka. När jag växte upp sjöd Sverige av optimism och framtidstro, förändringsvilja. Det gamla skulle ut, det nya in. Det var i ett Sverige där flickorna luktade hallon och mint och de svartvita tv-apparaterna lämnade plats för färg-tv, som jag inte utan stolthet berättade för far att jag gått med i partiet. Mitt första jobb hade jag i Bröderna Björks diversehandel. Deras lilla butik låg i hörnet Vasagatan-Kungsgatan. Där ligger i dag en multinationell kedja. Allt förändras och så måste det vara. Den ena av bröderna Björk hade en jättelik nacke i flera veck. Den andre hade ett träben som han bankade i golvet när han blev arg. Han var jämt arg, minns jag. Men egentligen var han nog bara olycklig. För han hade ett hjärta av guld. En dag träffade han en viss fröken Märta. Efter det såg jag honom aldrig mera arg. Ensamheten är ett problem också i dag. Jag vågar påstå att den är en utomordentlig utmaning inför framtiden för alla oss som önskar det goda samhället. Allt fanns bakom bröderna Björks disk – ventilgummin, stjärnmejslar och skiftnycklar, jag tror till och med att de erbjöd vattentermosar till låga priser. Jag tjänade inte mycket men det räckte till biljetten på Stadion. Om man hade tur blev det lite över till en Pommac. Som jag minns det var det alltid en fin kamratanda».

Nej. Jag måste inte alls göra som de andra har gjort före mig. Att vara statsminister handlar om att leda, inte om att skriva, att bana ny väg, inte att gå längs företrädarnas.

Om jag leder landet med en aldrig tidigare skådad tyngd sätter jag en ny standard. Då kommer det att betraktas som forntida att skriva om sitt liv för offentligheten.

Jag drömde om arabiskan i natt. Hon var stor som ett hus och jag var en dvärg. Jag försökte hugga av henne på mitten med ett svärd gjort av en morot. Jag bad om hjälp för att få isär henne till behändiga bitar men ingen ville hjälpa mig. De sa att hon redan var liten. När jag betraktade mig själv var jag genomskinlig, man såg skelettet. Jag ville dölja mig men det fanns inget att skyla sig med. Jag hade stuckit ut hennes ögon och satt in dem i mina tomma hålor. När jag upptäckte att jag såg mig själv med hennes ögon högg jag och högg men det var bara en morot. Jag högg mot mig själv och det var plötsligt hon som höll i moroten. Mitt i ett hugg slutade hon och åt upp den känslokallt.

Jag besöker en skolklass. Vi ska samspråka om empatin, i vårt »nyligen sjösatta empatiprojekt» som pressekreteraren kallar det.

Vi talar även om toleransen. Det måste vara fantastiskt för dessa barn att ha träffat statsministern på skoltid. Ett minne för livet. Jag försöker se mig med deras blick. Men ibland vet jag inte vem jag är. Jag blir suddig i konturerna och förlorar omdömet, får lust att plåga andra. Jag har känt fläktar av den känslokylan, ögonblick av det förtingligande av den andre som krävs för att mörda, vara sadist, pedofil. Men bara när jag känner mig uttråkad. Jag kommer aldrig att låta det ske. Det är en tunn men hård vägg som skiljer. Det är därför vi aldrig ska uppfinna en apparat som registrerar känslolivet och tankarna. Illusionerna om människans natur skulle smulas sönder.

Jag står vid avgrunden när jag träffar människor som är övertygade om att livsviktiga värden undergrävs utan dockteater. För barnen är dockteatern som kroppens essentiella aminosyror, säger en kvinna i stickat, virkat och virat. Jag minns dockteaterföreställningar från min barndom. Innandömet sögs liksom ur mig och alla ljud blev dova. Det kändes som att jag aldrig skulle återse mor och hemmet. Långt senare förstod jag att det är detta som kallas existentiell ångest. I vår socialgrupp fanns inte ångest. Och inte existensen. Det hette inte så även om det var det man kände, och eftersom inget begrepp fanns för det kände man det inte mer än korta ordlösa stunder. Det är därifrån jag fått övertygelsen om att först finns orden, sedan skapar orden det som de är satta att beteckna – och gör det verkligt.

Det är sent. Jag har jobbat dag och natt med riktlinjerna inför empatikonferensen.

Jag kokar mitt te. Jag äter min smörgås. Jag tänker onda tankar.

Nu går jag och lägger mig.

Nej, jag går upp igen. Jag kan inte somna.

Om kulturministern tror att det blir hon som efterträder mig tror hon fel. Till sin glädje hade hon i dag lyckats identifiera en ny svag grupp. Folk i bostadsområdena. »Vi måste göra något för folk i bostadsområdena som inte nås av kulturen».

Jag sätter mig och läser morgondagens tidning på nätet. Mitt namn nämns tjugotvå gånger redan i del ett. Det är skrattretande att så många människor som inte skulle klara två minuter i det här jobbet tror sig veta precis på vilket sätt jag sköter det fel. Klockan är två. Alltså åtta på kvällen i Washington. Jag kunde ringa presidenten och prata lite. Eller jag kunde ringa min vän och kollega i London. Vi fick bra kontakt på senaste toppmötet. Det är skönt med människor som talar samma språk som man själv. Han är säkert precis som jag uppe och arbetar i denna sena timme.

Innan jag gör ett nytt försök att somna råkar jag klicka fram en intervju med en av landets gällare kulturpersonligheter; djupt förälskad i sig själv som likstel radikal. Varje reform sedan hans barndoms soliga somrar är en eftergift åt högerkrafterna. Sverige står inför en katastrof om »inget görs», låter han meddela att han iakttagit. Är det samma katastrof han såg att vi stod på randen till för trettio år sedan eller är detta en ny? Han förklarar att han ser sig som »ett glödgat järn mot maktens elefanthud» och är rasande på mitt »svek mot den lilla människan», mitt partis svek mot välfärden. »I Auschwitz fick barnen åtminstone håret klippt kostnadsfritt», säger han. Hans drastiska uttalanden har ofta hjälpt honom i hans karriär. Men den jämförelsen tycker jag är riktigt dålig.

Ärret på magen kliar och spänner. Jag tänker ibland orden: jag var nära att dö. Men det förblir blott ett yttrande. Jag försöker minnas vad som hände i Washington, vad jag gjorde där. Varför jag åkte dit. Det var upplopp här, men just inget hot mot ordningen, bara högröstat. Jag åkte till Washington, jag talade med presidenten. Vi bad tillsammans i Vita huset. Han frågade om det stämde, det som han hört rykten om, att vårt land hade planer på att överge den kristna läran med hänvisning till att den var ologisk. Presidenten var genomströmmad av långsamma sorgsna tankar den kvällen. Jag ville inte förstöra stämningen och muttrade något mångtydigt till svar. Han visade mig sin läskautomat i källaren. Vi drack läsk.

Jag har luckor, minns punktvis, mellan punkterna är det svarta fält. Han studsade en tennisboll och sa att den var en klenod eftersom han fått den personligen av John McEnroe. Han frågade om jag fått någon boll eller något annat av Björn Borg. Jag svarade nej, snarare var han skyldig mig för om jag inte misstar mig har han skatteskulder, sa jag. Jag satt på en restaurang och åt revbensspjäll, med vem vet jag inte men det framträder i minnet som en stund av värme där jag talade om något viktigt, om mina planer och mina drömmar. Jag åt en hamburgare följd av en muffin. Var jag på en föreläsning om frukostvanor? Varför ser jag daggmaskar och fet mylla framför mig? Jag hälsade på Lincoln i sin stenfåtölj. Arabiskan var där då och min sekreterare. Jag minns att jag betraktade sekreterarens korviga lår och tänkte att hon hade för kort kjol för sådana lår. Hon frågade om det var Lincoln som haft polio. Jag hoppades att ingen hade hört, jag ville inte behöva skämmas över det svenska skolsystemet. Här minns jag i sekvens och mycket tydligt för när hon fått klart för sig att polion tillhört en annan president sa hon att det var vad hon hade trott men att hon blev tveksam när hon såg Lincolns knotiga ben i fåtöljen. Jag har alltid retat mig på sekreteraren, hennes döda hy och präktiga pagefrisyr, och nu låren som ett par klubbor. Jag gick och ställde mig en bit bort för att få vara i fred. Under ett träd stod två män och pratade, halvt vända mot varandra, halvt ifrån varandra som när två personer stämt möte för att utbyta hemlig information. Jag tänkte att de planerade ett mord. Min sekreterare låtsades intresserad av en skylt. Det höll på att bli regn men dropparna var ännu bara som en fuktighet i ansiktet. Nästa gång jag vände mig om stod hon och rökte med uttråkad blick. Hon säger att hon älskar att resa.

Var befann sig arabiskan när allt detta hände? Stod hon på trappan vid Lincoln? Hennes närvaro minns jag bara diffust i Washington men desto starkare är minnena från den första tiden när hon just kommit till mitt kansli. Då fick hon mig att förstå vad livskänsla var, vad jag hade längtat efter, vad som fattats mig. Under de veckorna föddes jag på nytt. Så kom regnet. Det öste ner och paraplyer spändes upp. De samtalande männen under trädet tog varandra i hand och gick åt varsitt håll. De bar hatt, höll i hattarna mot blåsten. Även på detta avstånd och trots regnhinnan i luften kunde man se på deras rörelser att de inte litade på varandra. Jag var nu ännu säkrare på att det var ett mord de planerat.

En ung energisk man ur presidentens stab kom

fram till mig och sa: »Vår nya president är mycket omtyckt. Han kommer att hela vår nation och ge oss självförtroendet åter. Vi är mycket stolta över honom och första damen». Framför oss jagade en svart hund efter en röd boll och vi kunde båda ägna vår uppmärksamhet åt den. Jag minns, jag anstränger mig att minnas men nu svartnar det, det svartnar. Jag blundar och vilar mig, då minns jag mer. Jag erinrar mig att vi spelade golf en eftermiddag. Arabiskan var försumlig och fick ett igenmurat öga. Jag gjorde ingenting för att hindra dem, betraktade scenen som om den inte hade med mig att göra. Hon var fin att vara tillsammans med men hade ett löjligt behov av att hävda sig och visa att hon ägde självständiga åsikter. Hon verkade inte begripa att jag hade ganska stora saker att tänka på. Hon krävde mycket uppmärksamhet. Jag lyssnade inte så noga på henne men det hon sa var inte felaktigt eller utan värde. Det var bara det att jag hade en del annat i huvudet av, måste jag medge, större dignitet. Men det var bra att ha henne där.

Hennes innerlighet kom sig av förälskelsen och skulle förstås snabbt gå över. Jag har inte varit förälskad sedan jag var sexton och har glömt hur det känns men jag vet att omdömet upplöses. Det kan jag inte tillåta mig i min position.

Jag låg på rygg och hon smekte mig länge och tryckte läpparna mot varje del av min kropp. Nu kan jag inte minnas hennes ansikte men jag vet att jag aldrig sett någon lysa mot mig så. Hela saken generade mig redan medan den pågick. Hustru till en arbetslös invandrare som satt hemma i fåtöljen och var missnöjd. Åtminstone var det vad hon sa men hon kan ha ljugit ihop en bakgrund, det gör många emigranter jorden över. Inget konstigt med det. De är utsatta, då får man ljuga. Jag får inte ljuga men de får ljuga.

Ju mer jag tänker på Washington desto mer klarnar minnet och desto mer stramar ärret. Ja, nu minns jag en bankett. En filmstjärna jag beundrat i min ungdom var där. Han kom fram till mig med sitt leende som ett plakat över ansiktet och sa att han en gång besökt Sverige och att luften var frisk därborta. Han förklarade att han var politiskt aktiv, arbetade för djurens rättigheter. Han la ut texten och lät som mina kamphundslobbyister. Det slår mig hur likt allting är överallt. Människor grupperar sig och argumenterar på samma sätt överallt och i alla tider. Det är bra. Om allt vore oförutsägbart blev världen för svår att orientera sig i. Organisationen han sponsrade med pengar och trovärdighet arbetade med attitydpåverkan. Målet var att brott mot AR i kommersiella syften skulle leda till dödsstraff. Han var längre och tunnare än jag trott. Jag hade föreställt mig honom kort och satt av muskler från gym. Jag frågade om det inte var värre att bryta mot AR i okommersiella syften. Då finns ju ingen mening alls med det, bara njutningen i att plåga.

Han hade fantastiskt jämna tänder. Mellan dem skulle han aldrig kunnat få in ens spetsen av den tandpetare som han tankfullt stack sig med i kinden. Han lovade att skicka mig en av deras dekaler att sätta på bilen.

En senator från Nebraska bröt in. Hon sa att hennes delstat utgjort hem för många immigranter från Sverige genom historien. Svenskarna, sa hon, är ett starkt och envist folk som brukar jorden även när den bara består av sten och rötter. Hon vinkade till sig alla svenskättade kongressledamöter i rummet. Filmstjärnan sa med ett elakt stråk i rösten att det är smartare att bruka jord som inte innehåller så mycket stenar och rötter.

– Det var klokt sagt, sa jag, och vi skålade och drack för att slippa prata.

Senatorn från Nebraska ville höra min åsikt om amerikaniseringen av språket och kulturen i Europa. Jag svarade att det fanns mer än en av båda. Hon var lite vindögd och det förstärktes när hon sa att hon kände till det men att alla språk och kulturer i Europa var amerikaniserade.

– Problemet är inte amerikaniseringen av språket, sa jag, anglicismerna kan införlivas och göras inhemska. Problemet är amerikaniseringen av tanken och känslan.

Jag tuggade oliver.

– På vilket sätt menar du?

– Som inbjuden gäst vill jag inte komma hit och predika.

– Jo, predika. Jag vill förstå vad vi gör för fel.

– Det andfådda, det rastlösa, det kortslutna. Om en tanke tar mer än tjugo sekunder är den farlig eftersom den kan leda till en hel mening eller ett par textvolymer. Det som inte kan sägas i en fras bör inte tänkas. Denna serietidningsprosa, denna kategoriseringsiver. Som paketen i en liten rosa presentbutik. Denna oavbrutna behovstillfredsställelse. Kunde jag stoppa det skulle jag göra det men vad har jag överhuvudtaget för makt? I en demokrati har ingen makt bortsett från dem som skuldbelägger oss med sin utsatthet.

Vi skingrades, som man gör på cocktailpartyn. Jag närmade mig en grupp där min sekreterare stod inbegripen i ett samtal. Jag kom precis lagom för att höra henne fråga om George Washington tagit sitt namn efter huvudstaden. På ett främmande språk avslöjas obönhörligt en rörig hjärnverksamhet. På det främmande språket går det inte att dölja att man i samma mening uttrycker två motstridiga hållningar och omfattar dem båda. Kongressledamöterna var artiga och började berätta anekdoter om George Washington för att släta över. Sista gången Ronald Reagan visade sig ute trodde han sig vara George Washington till häst, berättade en. Jag skrattade mot min vana högt tillsammans med dem. Men det gjorde inte min sekreterare, och fick det då att framstå som att det var hon som stod för djupet, vi andra för tramset.

– Men allvarligt talat, framhärdade hon, är det bara en tillfällighet att både staden och den första presidenten hette Washington?

Jag svalde en bit kalkon. Det kändes som att jag svalde en hel fågel som levde och började flaxa inne i mig.

– Jag är ju sån att jag vill veta jag, fortsatte hon. Nöjer mig inte med att gissa. Jag är vetgirig. Tar reda på saker. Alla är inte så men sån är jag och jag säger inte att det är bättre eller sämre. Jag är bara en ovanligt vetgirig människa som tänker ett varv till.

Så sa hon. Men jag låter henne behålla sitt jobb. Man ska ha dumma beskäftiga människor omkring sig som aldrig genomskådar en.

Därefter är det en ny lucka. Men mitt ärr ömmar och bränner. Jag vidrör det och minns lite mer. Jag åker i en bil men får inte fram några ord för det gurglar i halsen när jag ska prata. Och jag vill inte prata utan skrika när ambulansförarna för att lugna mig informerar om att de ska ta mig till akutsjukhuset dit Ronald Reagan fördes åttioett efter attacken. Där kommer jag att få den bästa vården i världen, säger de. »Inte Reagan», vill jag skrika så att det ska finnas nedtecknat. Men inga ljud kommer. Sjukhuset har sitt namn efter honom. Kommer jag efter mordförsöket på mig att få ens en vårdcentral med mitt namn? Solstrålen från fönstret rinner ut i sängens metallanordningar och rummet blir ljust och lätt att andas i. En sköters-
k a ,
hemingwaysk med glada gropar i mjuka kinder, stoppar om och tar tempen och drar för gardiner. Jag ber henne behålla rummets ljus och lätthet men hon säger att mina ögon är för känsliga. Jag sträcker ut min arm efter henne när hon går.

Här hittar jag en äldre anteckning bland bokens oskrivna sidor, daterad strax efter beskjutningen. Jag måste ha varit omtöcknad av tabletter och placerat den på fel ställe.

Den lyder: Jag ser ett torrt löv. Om man tar i det hårt blir det flagor. Alla torra löv var en gång gröna, nya och saftiga. Sommaren har återkommit med full kraft i slutet av september. Jag är trött på värmen. Vill resa norrut mot snön. Mamma ringer och säger att hon känner sig vissen. Jag gör mig ingen brådska eftersom jag alltid tyckt att mamma är jobbig. Hon är på privat ålderdomshem, *Spa för mogna juniorer,* kallas det. Vissa har anklagat mig för hyckleri men jag överväger inte att flytta henne till en kommunal inrättning.

Jag kommer dit elva. Mamma har öppnat fönstret och solar ansiktet. Jag drar fram en stol och sätter mig bredvid henne. Jag är på väg att lägga min hand på hennes men lägger den på rullstolens däck.

Ibland griper sorgen tag i mig som när höststormen ruskar ett tjockt gammalt träd. Vi sitter länge utan att säga något. Hon somnar till med hakan mot bröstet.

– Klarar du dig med pengar? säger hon när hon vaknar.

– Jag klarar mig.

Jag smeker däcket.

– Då kan jag vara lugn då?

– Ja, du kan vara lugn.

– Jag försökte baka men skorporna blev knalliga.

– Jag tycker om knalliga skorpor.

– Man kan doppa. Amerikas president höll ju på att bli mördad. Det läste jag i tidningen.

Jag tar hennes hand.

– Nu måste han gå med skottväst även inomhus stod det.

– Det var jag som tog emot kulan.

– Var det inte statsministern?

Hon ser på mig och pupillerna ser fyrkantiga ut. Över ögat ligger som en grumlig hinna. Vi går ner till hennes matsal och äter raggmunk med fläsk och lingonsylt. Hon klagar på maten lunchen igenom.

– Du klarar dig i alla fall?

– Ja, jag klarar mig.

– Du har arbete?

– Ja.

– Det är bra det. De där regeringsgubbarna vet inte hur vanligt folk har det. Statsministern borde komma hit själv och se hur vi har det. Men det skulle han aldrig våga.

– Det är bara tre gubbar i regeringen.

– Vad är resten då?

– Kvinnor.

– Hur kan det vara så?

– Sedan politiken blev maktlös fick kvinnorna ta plats. Eller om det var tvärtom.

Hon ser misstänksamt på mig.

– Du har väl inget med det där att göra, barn lilla?

– Inte mycket.

– Det viktigaste är att du är hederlig.

Jag ställer in hennes tv som stått och brusat utan bild i veckor. Hon har trott att det var en ny sorts program. Så dricker vi på nytt det beska kaffet och äter mer av de knalliga skorporna, jitterbuggen, mandelformarna, schackrutorna, bondkakorna. Hon frågar om jag hittar till graven där far ligger och där hon ska ligga. Sina begravningskostnader har hon oroat sig för i sextio år.

– Har du några strumpor du behöver få stoppade?

– Nej, inte i dag.

– Jag begriper inte var jag lagt stoppnålen.

I hennes knä vilar när jag går en hög med raggsockor. Min döde fars, min brors, mina.

Jag har fått ett brev från ett barn som förlorat sin syster. Flickan blev tio år. Systern frågar mig varför jag inte kan göra något åt cancern i världen när jag, sådana som jag, kan göra så mycket, bomber som söker upp sitt mål själva. »Hur kan en bomb hitta ett hus när min farmor inte ens hittar sitt hus om hon varit ute och handlat potatis», skriver hon.

Jag vet inte hur det kan vara så.

Jag tänker på flickan i dagar och bär brevet i fickan. Några gånger försöker jag svara henne. Jag vill inte be min sekreterare göra det i mitt namn, jag vill inte ens visa henne brevet. Det här brevet måste jag besvara själv. Jag sätter mig vid mitt skivbord och skriver nägra utkast. Varför får barn cancer och dör? Jag tror inte på Gud förstås. Det borde ingen förnuftig människa göra. Hur skulle han klara all logistik? Men nej, det är inte därför jag inte tror. Att vara Gud är ju att klara logistiken. Gud om han finns måste känna sig precis som jag: Vad vill ni mig?! Vad tror ni att jag kan åstadkomma för underverk! Låt mig vara i fred! skriker Gud till oss. Ändå vill han att vi ska tro att han har underverk att erbjuda. Det är hans enda lockelse.

Jag försöker se flickan framför mig. Liten och späd förstås, allvarliga stora ögon. Ett barns ögon måste vara stora för att medkänslan ska få lust att aktivera sig. Små ögon betecknas aldrig som allvarliga. Ögonen är viktiga hos människor men inte om man kommer för nära. Då blir de vattniga och tappar sin särart, precis som människan, precis som pannbiffarna jag gör; de är fina att se på men när man tar en tugga är de lösa och utan smak. Jag har för mycket vätska och för lite kött i smeten. Jag vet det och ändå gör jag samma misstag varje gång.

Det var inte länge sedan jag själv var liten. Nu är jag stor, 185 centimeter. Jag skulle också vilja ha någon att skriva till och fråga varför allt är som det är.

Det kommer inga ord. Jag vet inte vad jag ska svara henne. Så får jag ont i ena sidan. Jag är övertygad om att det är en allvarlig sjukdom jag bär på, det trycker mot levern. Eller kanske njuren. Jag glömmer flickan och ber min läkare titta på levern. Det är inget fel på din lever, säger han. Njuren då? Det är inget fel på din njure. Jag säger att den kanske går i donationstankar. Han ler inte ens. Kan det vara någon annan inälva jag har ont i? frågar jag.

Jag tänker verkligen mycket på flickan. Verkligen mycket. Men när hon inte får något svar är det ju som att jag aldrig tänkt på henne alls. Om hon bara visste att jag skänkt henne och hennes lidande många tankar skulle det kanske räcka. Men för henne är min tystnad omöjlig att skilja från likgiltighet. Är jag en hänsynslös människa? Jag har gjort mer för empatin än någon regeringschef före mig. Empati är väl hänsynslöshetens motsats?

Då och då ser jag arabiskan för min inre syn. Hon är som ett tomrum kring en värkande punkt i buken. Jag trodde först att det var sviter efter kulan, att de inte fått ut hela, för jag har aldrig känt den här sortens smärta förut och smärtan låg just där jag hade träffats. Men doktorn sa att allt såg fint ut. Även det såg fint ut! Hela jag glänser visst inombords. Han frågade med ett ögonkast jag tyckte mycket illa om ifall det inte kunde röra sig om något annat, något mer själsligt problem. Jag gjorde klart för honom att jag inte hade tid med själen. Han svarade att det i så fall kunde vara fantomsmärtor. Han är fräckare än han borde tillåta sig.

Värken växer när jag tänker på Fatima, så jag slutar tänka på henne. Kan inte gå omkring och lida. Ingen har rätt att tillfoga mig sådan smärta!

Men det hjälper inte att sluta tänka för kroppen

tänker som hos en nackad höna. Att det kan göra så ont. Vi kände ju inte ens varandra. Vi bara låg med varandra några gånger.

Om jag träffar henne igen av en slump måste jag komma ihåg att fråga om hon röstar på mig. Det är inte värt besväret att söka upp henne bara för det men jag skulle faktiskt gärna vilja veta hur det förhåller sig med den saken. Konstigt nog talade vi aldrig om det. Jag fattade aldrig vad hon hade för värderingar och hon begrep nog aldrig mina. Hon talade om oss som om vi befann oss i en flickbok. Själsfränder! Varför inte tala om en blomma i knapphålet också. Nej, vi var inte på samma våglängd. Jag tror inte på vare sig själ eller frändskap. Ifall vi stöter ihop på ett torg ska jag fråga om hon röstade på mig redan innan vi träffades och hon blev kär.

Senast vi sågs blev jag så överrumplad att jag inte kom mig för att fråga. En dag stod hon utanför ålderdomshemmet. Under ett kort ögonblick på vägen dit hade jag tänkt köpa bakelser men iddes inte, mamma vill ändå bara bjuda på sina hembakta torra kakor. Jag gillar blöta bakverk och trots att hon vet det har hon alltid bara bakat torra. Det blötaste hon åstadkommit är kubbar. Vad jag önskar mig har aldrig varit viktigt.

Och där stod arabiskan och ville ha mig att »prata ut». Inget hatar jag som att »prata ut». Varför ska kvinnor jämt »prata ut» och varför just med mig? Vad är det de tror man kan prata sig fram till?

Vid åsynen av henne ville jag fly. Repet kom fram.

Hennes bedjande uppsyn gjorde repet till en snara.

Hon gick ner på knä och sa att hon älskade mig. Det gick upp för mig då att jag är liberal, inte bara i smyg. Jag står inte ut med individens ofrihet, min egen, andras. Det är möjligt att det är något fel på mitt känsloliv. Det är möjligt att det blev något fel på det därför att mor var som hon var och far var som han var och min klassbakgrund var som den var och vi hyrde en stuga vid en iskall tjärn om somrarna. Det är mycket möjligt att det blev något fel. Men i så fall önskar jag fler det felet. För att hålla på och vältra sig i denna sumpmark av lidelse och känslor där man bara sjunker när man försöker springa – det kan inte vara sunt.

Hon försökte få mig att svara på hennes frågor men efter en stund stod jag inte ut, vände henne ryggen och gick in genom dörrarna som den fria människa jag är och rakt fram mot hissen.

Mamma hade lila pinnar till ben och för stora nylonstrumpor, den dagen och alla andra dagar. Det var söndag och hon ville att jag skulle läsa ur evangeliet. Jag läste om hur Jesus får balsam i håret av en kvinna. I ett annat evangelium får han fötterna insmorda av samma kvinna vid samma tillfälle. Så vilket var det, fötterna eller håret?

– Sak samma, sa mamma, viftande med armen som om hon hade bråttom att komma framåt i livet.

– Det är inte viktigt, bara han blir omhändertagen, det vill alla karlar bli.

Jag blev skakad. Att hon har gjort iakttagelser i

egenskap av kvinna var obehagligt. Mor, du får inte bli människa plötsligt. Vi åt av kakorna. Hon ville att jag skulle doppa. Jag ville inte doppa.

– Doppa ändå. Det är allt vi har. Doppandet.

Jag funderade på om jag skulle föreslå att jag köpte en ny tv åt henne men tänkte att det inte var någon idé. Hon kan dö när som helst.

– Nu doppar vi, sa hon.

– Låt oss doppa, sa jag.

– Vad jobbar du med?

– Lite av varje.

– Bara du klarar dig.

– Jag klarar mig.

– Jag har läst att skatterna är höga.

– Jag har också läst det.

– Vi får väl spara då så vi har råd.

– Ja, vi får spara.

– Det är inget annat man kan göra.

– Nej, inget annat.

Sedan vi sammanträtt i utrikesnämnden frågade kungen om jag ville följa med på badutflykt. Vi sa inte mycket på vägen dit. Kungen bytte om i en hytt. När han kom ut gjorde han armhävningar och situps. Drottningen bytte inte om alls, hon skulle ta igen sig på stranden under ett parasoll. Jag hade badbyxorna under kläderna och sprang direkt ut i vågorna. När jag kom upp ur vattnet satte drottningen zinkpasta på sitt munsår.

– Bara det inte är några fotografer här, sa hon.

Jag borstade bort sand från låren och hon sa på nytt:

– Bara det inte är några fotografer här. Varför är det inga fotografer här?

Det var zinkpastan hon tänkte på. Zinkpasta är inte klädsamt. Jag trodde hon sa det av omtänksamhet mot mig, att jag med min påstådda åsikt i republikfrågan inte borde synas på fotografi badande med dem. Men hon menade zinkpastan. Och den vanprydde henne verkligen. Kungen simmade mellan två bojar. Han hade redan tjugo simborgarmärken, alla av olika färg, som han visat mig på sin märkesssköld. På sin femtioårsdag hade han smugit in simborgarmärket bland alla medaljer på bröstet, berättade han. Ingen hade märkt något. Han kupade handen framför munnen och skrattade ett tyst skratt.

En adjutant kom med lunch, varsitt salladsblad med en halv sardin på.

Vi hade en heldag i havsbandet.

Jag täckte benen med varm sand och åstadkom vulkanutbrott med minsta rörelse. Drottningen frågade mig varför jag inte var gift. Det sista ordet uttalade hon på ett märkligt oavslutat sätt, som om hon egentligen tänkt fråga varför jag inte var giftmördad eller giftskadad men hejdade sig innan tungan hann rulla över de sista stavelserna. Kungen gjorde fler armhävningar i sanden. Solen flyttade sig på himlen. Klockan var två. En annan adjutant stod och höll i parasollet ovanför drottningen. Adjutanten hade varma kläder och det droppade från mösskanten. Han höll huvudet ovanligt stelt och snett. Jag undrade varför innan jag såg att han hade ett inflammerat insektsbett på halsen vid den styva skjortkragen. Det blixtrade i hans knappar. Han bländades av knapparna, blinkade bort svett och blixtar. Drottningen såg inte på honom en enda gång. Ytterligare en adjutant kom med mellanmål, en liten liten skål med frukt. De kungliga får inte bli tjocka. Jag kan vara lite tjock eftersom vi inte infört personval än, men jag vill inte. När det inte är så mycket att göra springer jag flera mil i veckan.

– Det är ingen som velat gift-mörda sig med mig, svarade jag.

– Å, det tror jag nog.

– Det är säkert 24 grader i vattnet, ropade kungen, som torkade sig i håret.

Där satt vi sedan tills solen gick ner och kylan drog in. Jag var så hungrig när jag kom hem att jag åt upp allt jag hade i skafferiet. Så lite har jag aldrig ätit på en dag som där på stranden. Jag undrar vad de tar för drog för att dämpa hungern?

Jag ser inte biskopens ögon, bara blänket i hans glasögon. En av stolens fjädrar pressar mot min bak och jag flyttar mig fem centimeter. Han för girigt cigaretten mot munnen, med en viss brådska, som en som har astma och måste dra in frisk luft via en apparat. Jag noterar hur stadig hans hand är. Bakom oss finns en eldstad. Eldgafflar i svart smide på en krok. Grillar de där efter högmässan? Jag stöter eldgaffeln genom biskopens bröst så att han dör. Jag knuffar folk och mig själv från broar. Jag säger:

– Min mor sitter för döden och stoppar raggsockor.

Med varsin rysning minns biskopen och jag stoppningarna på vår barndoms raggsockor. Vi kommer överens om att döden är outhärdlig, men jag föreslår att biskopen ändå ska vara den tacksam. Det är på grund av den han har det jobb han har. Utan döden ingen religion.

Han ler milt.

– Vi hade ju fortfarande födseln att ta oss an. Alltings födsel.

Det blir en särskilt vacker sorts tystnad i dessa höga gamla rum. Biskopen röker cigarett efter cigarett med smala fingrar.

– Det jag ska säga nu kanske verkar konstigt, säger han och lägger ifrån sig cigaretten på askfatets kant. Den avger en tunn rökslinga. Han ser på mig med klar blick. – Jag är troende. Jag tror på Gud.

Jag förblir orörlig i min obekväma stol. En kraftig smäll som av en sprängning hörs utanför byggnaden, följd av rop och skrik. I vanliga fall skulle det ha fört oss till fönstret men ögonblickets laddning och biskopens allvar är så starka att det vore orätt att förstöra situationen.

– Jag vet inte vad mer jag ska säga, fortsätter han. Det är bara så. Jag känner mig inte generad eller skamsen ty människans vägar är outgrundliga.

Han vrider handen i en urskuldande och uppgiven gest.

Jag nickar.

– Det står var och en fritt, säger jag. Och det kan knappast vara till nackdel i ditt arbete?

– Nej. Men det har inte varit självklart för mig. Nu har jag äntligen kommit fram till vad jag är, vem jag är. Jag är en gudstroende.

– Alla är vi något. Men om du fick välja mellan att bli ärkebiskop eller ärkeängel, vilket skulle du välja?

Han tar av sig glasögonen och putsar dem innan han svarar.

– Sådant vet man aldrig förrän man står inför det vägvalet. Man måste vara ödmjuk. Gud gråter med oss.

– Och över oss kanske.

– Vi vet inte det.

– Om jag dör på min post, blir det du som håller minneshögtiden över mig?

– Jag skrev en text då när ditt läge var ovisst. Jag har kvar den i datorn ifall det skulle bli aktuellt igen.

Jag drar upp skjortan och visar honom ärret. Han sträcker ut handen, gör en rörelse med två fingrar i luften som om han följde det i dess längd och välsignade det. Det kommer in en vagn med äppelmunkar och kaffe. Dörren öppnas av sig själv och vagnen åker av sig själv.

– Är den radiostyrd?

– Varsågod, ta en munk.

– Den måste vara radiostyrd.

Munkarna ser frestande ut men jag avböjer.

– Jag kommer från en familj där nästan alla fikat ihjäl sig. Farmor vägde hundra kilo, farfar stupade med en halvtuggad toscatårta i munnen. Mamma äter sina eviga mandelformar. Jag vill inte bli som dem.

Biskopens ögon är som blanka pärlor medan han mumsar munk.

– Jag vill bli fet som Luther, säger han.

Han pekar på en inramad bild på väggen, ett svartvitt fotografi av ett vattenfall, och frågar vad jag tänker på när jag ser den bilden. Jag säger att jag tänker på den brusande tystnaden i mitt hem, på mitt kontor, i mina öron, inne i mig.

Han säger:

– Bilden får mig att tänka på en dikt av Lars Norén. En man slår ihjäl sin fru vid Niagara för att hon tittar ner på en blomma i stället för att se på utsikten. Mannen var golvläggare. Jag älskar den dikten. Kanske läser jag den vid din minneshögtid.

– Jag känner till den. Det var något om muselmaner i den.

– Nej, golvläggare var han. Kanske muselmansk golvläggare.

Biskopen går fram till bilden och betraktar den, sugande på glasögonskalmen.

– Det jag särskilt tycker om med den är att den är så folktom, säger han. Det är så vi i Norden vill tänka på våra länder. Landskap utan människor.

– Bilden är verkligen mycket folktom, säger jag.

Jag biter på en trasig nagel som irriterat mig hela dagen. Nu sliter jag av den och det svider till. Biskopen tittar intensivt på mig. Jag känner obehag när folk ser på mig från nära håll. På långt håll får de gärna se på mig, ofta och länge, men kom inte nära. Jag säger:

– Jag kommer ihåg dikten. Jag skrev om den i skolan. Den börjar så här: Jag åkte över 1927, för att göra pengar. I början arbetade jag som bartender, sedan som golvslipare. I Amerika träffade jag amerikaner och muselmaner. Och slipade golv tills de blev blanka som sinnessjukhus. Sedan kom depressionen och jag åkte hem igen.

– Vilket minne du har.

– Ja. Det är fotografiskt.

Biskopen lägger handen på min arm, jag rycker till.

– Jag har inte vågat fråga dig förut...

– Vadå!

– Hur var det att träffa påven?

Jag drar mig undan från hans beröring, olustig till mods.

– Vi såg en duva med en aprikos i näbben på Petersplatsen.

Biskopen stryker bort socker och flott från läpparna. När han ätit upp en syltmunk sträcker han genast ut handen och tar en till.

– Det har jag också sett, säger han. Både aprikoser och persikor.

– Påven tyckte att Sverige förlorat fem hundra år.

Biskopen reser sig och ringer ett samtal. Det är kort och handlar om kött och potatis och en liter mjölk. Måste vara med frun. Med älskarinnor talar man inte om kött, potatis, mjölk. Det är därför man har dem. Det är därför jag aldrig kommer att ha någon fru.

Vi står en stund mitt emot varandra innan vi lämnar rummet och börjar gå tillsammans nerför marmortrappan. Han försvinner in på toaletten i vestibulen och jag kan inte slå bort tanken på hur det ser ut när biskopen i vårt stift står och håller i sitt organ. Porlandet upphör, vi går ut och nerför ännu en gammal trappa övervakad av nakna statyer. Det duggregnar. Hans glasögon blir prickiga, runt munnen är han blank. Han säger att han hoppas mamma ska bli bättre eller gå en angenäm död till mötes. Jag fäller upp kragen mot regnet. Vi går åt varsitt håll.

Jag äter en äppelmunk som jag smög ner i fickan när biskopen reste sig för att betrakta tavlan med vattenfallet. Servetten jag la den i är genomskinlig av flott, min rockficka likaså. Så fort den är slut längtar jag efter en till men det hade märkts om jag tagit två.

Jag promenerar den korta vägen till mitt tjänsterum och sätter mig och bläddrar i den nya jordbruksutredningen. Jag dricker ibland mjölk trots att det inte är nyttigt. Det vore inte bra om man kom på mig med att subventionera mjölken och sedan inte dricka den: de obildade ska dricka billig mjölk men jag som vet att den täpper till blodkärlen håller mig till rödvin. Det går inte. Måste dricka mjölk, även sedan den surnat. Jag kastar jordbruksluntan med bisurr och bisatser ifrån mig men för nära skrivbordskanten, bladen fräser till när luntan slår i golvet.

Jag lägger mig på soffan. Det var där jag och arabiskan brukade ligga. Jag kurar ihop mig vid minnet, värken där kulan fastnade tilltar. Jag kunde ringa henne och fråga om hon vill rymma med mig, bort från allt det här och in i kärleken. Men vad finns att göra när man trätt in i den, när man är framme? Ska man sitta där då och hålla handen framför brasan?

Det vore inte bara urtråkigt utan moraliskt oförsvarbart när det finns så viktiga uppgifter att utföra. Men vill jag utföra dem? Har jag kapacitet? Egentligen vill jag bara vila. Egentligen orkar jag inte anstränga mig. Jag skjuter upp till i övermorgon allt som jag kan skjuta upp till i morgon. Jag har högar med urklippta artiklar som jag ville läsa när jag såg dem i tidningen men inte orkade just då. Hela livet har jag gått och väntat på den dag då jag ska få tid och ork till allt som jag sparat. Ju mer jag unnar mig att inget göra desto mer föraktar jag den fallande arbetsmoralen i vårt samhälle.

Jag skulle behöva någon som sa åt mig att ta mig i kragen, någon annan än ledarskribenterna. Men den som ständigt rannsakar sig själv har inte lust att höra det från andra också. Meningen med att bedriva självkritik är att andra inte ska kritisera. Och vem ska de kritisera? Jag är så många. Jag säger utan att ljuga: jag är stolt att tillhöra denna rörelse, att tåga under dessa fanor. Men jag avskyr också folksamlingar och kollektivets rus. Jag tycker synd om de dåliga bananerna i butiken som blir kvar till sist. Och jag har alltid förmått se och empatisera med diktatorns utsatthet. Jag består av remsor; en av tiden strimlad våd för att ingen ska hitta mig. En remsa sträcker fram handen och hälsar medan den bredvid ryggar. Det är på så sätt remsorna kommer att röra sig åt olika håll i vinden. Det som borde vara ogenomträngligt går att se igenom. Men mellan remsorna springer också ljuset fram, oväntat starkt.

Jag avundas den där italienska aprikosen dess hårda kärna.

Mamma är flyttad till sjukhus och blir allt sämre. Hon viftar bara svagt med handen när jag kommer. Jag torkar bort saliv som rinner ur hennes mungipa. Då och då kommer någon och vänder henne.

Efteråt sätter jag mig på en bänk i parken och gråter. Jag sliter av löv från träden så att det fortare ska bli vinter. Min världsåskådning rusar iväg från mig.

När jag inte är hos henne går jag promenader. Om vinden blir stark söker jag lä närmast huskropparna.

Jag ser att många av husen är vackra. Det har jag inte sett förut. Ibland har jag inte kunnat påminna mig om jag gått över en viss bro eller ej den dagen. Den här sommaren när jag går mellan mitt hem och min mors sjukbädd bemödar jag mig om att vara närvarande. Det är närvaron jag har saknat. Det är därför jag har nått så långt. Den som har full närvaro fastnar i känslorna, blir närsynt för detaljer. Fatima berättade en gång att hon blev skamsen varje gång hon inte snabbt hann få upp busskortet inför chauffören. Att stå och leta i fickorna och sinka en hel buss, låta kön bakom vänta, ingav henne känslor av obehag. Jag visste inte att människor kunde känna sådant.

Själv känner jag en intensiv närvaro ibland, men det är i en annan sorts situationer. Till exempel när jag tappar ett äpple på golvet. Det blir ett mjukt avtryck i äpplets hud där köttet blir brunt. Man kan spotta ut den förstörda biten men det friska äpplet jag längtade efter är borta. Sådant sker i min totala närvaro. Jag är där, äpplet känns i handen. Men bland människor känner jag aldrig så.

Jag satte mig på ett kafé med några utländska tidningar. Jag satt i skuggan, drack ett glas iste. Ledarna handlade om samma sak som ledarna i vårt lands tidningar. Samma frågor, samma svar, mest svar. Samma indignerade godhet. En kypare plockade undan mitt glas. Eftersom jag fortfarande var törstig bad jag om en karaff juice. Jag läste kultursidorna. Någon skrev menande: »... och Buchenwald låg nära kulturstaden

Weimar». Här var det meningen att vi skulle förnimma alla utropstecknen som skribenten var en alltför känslig stilist för att sätta ut. Men vad har det geografiska avståndet med något att göra? Det är som när de i amerikanska låtsasdokumentärer med flämtande andhämtning och vilda ögon påminner om att Charlie Chaplin och Adolf Hitler föddes samma vecka samma år. Jaha? Ska vi med denna gemensamma födelsevecka i åtanke darra i fascination över att Chaplin avstod från att bli massmördardiktator och att Hitler valde brottets bana i stället för farsens och filmens? De falska sambandens banerförare föddes alla i samma dimma, i samma skog, och ur den har de ännu inte hittat ut.

Jag läste klart artikeln och gick därifrån. I en gatukorsning stötte jag ihop med en bekant, Ann-Louise. Min första impuls var att inte låtsas se henne. Jag hade inte lust just nu, ville vara i fred. Men det gick inte, våra ögon hade mötts och hon hade sett att jag sett henne. När vi var unga inledde vi ett förhållande. Det pågick i flera år, men det känns inte som att jag har deltagit i det. Det är någon annan remsa, en av de tunnare. Om man inte avbryter saker pågår de och pågår. Hon var så oansenlig att jag glömde henne så fort jag inte var med henne, så inget fanns att avbryta. Och varför skulle jag göra det? Hon krävde inget och det blir ensamt utan en kvinna. Med en kvinna kan det bli ännu ensammare efter ett par dagar.

Sanningen är att det har pågått sedan dess. Även

medan jag kände arabiskan. Så är det.

Ann-Louise är ointressant på det sätt jag finner behagfullt hos kvinnor. Därför går hon bra att kombinera både med arbetet och med andra. Det som var näpet i hennes utseende när vi träffades har nu blivit intryckt och fult. Om hon skulle hamna under spårvagnen ut till Djurgården gjorde det mig inget. Det är fördelen med henne. Hon gör inte ont. Hon lämnar inga avtryck och inga sår. Hon väntar på mig vad jag än gör. I alla dessa år har hon hoppats att vi en dag ska leva samman.

Vi gick till en pub och drack öl. Hon vätte tungan och när hon såg sig om smalnade hennes ögon i vad hon trodde var konspiratoriskt samförstånd. Jag visste vad hon skulle säga, med vilket tonfall och att det skulle följas av ett enfaldigt skratt. Jag kände en trettio år gammal avsky över att snöras in i hennes tvåsamhet. Hon frågade var mina livvakter var. Jag läste på en tändsticksask. Utan att se på henne förklarade jag att det inte spelade mig någon roll om jag dog eller levde. Hon trodde att jag skojade. Och det gjorde jag väl. Jag tror ju inte på ett liv efter detta så visst föredrar jag att leva när jag nu ändå gör det. Det är bara att stoppa i sig mat och dryck så fortsätter man att leva.

Vi gick hem till mig. Vi låg med varandra och sedan måste jag sitta och höra på hennes prat. Hon frågade om jag hade kvar lergöken hon gav mig, blåste jag en trudelutt i den ibland? Allt framsades med den blandning av okynne och liderlighet som kvinnor får när de tror att de känner en man, har hans förtroende och ska sticka ett litet vänskapligt hål i hans ballong.

Hon sträckte fram handen för att vrida min haka så att våra blickar möttes. Hon trodde jag såg bort därför att jag generades. Om hon haft någon självinsikt skulle tanken ha fallit henne in att jag vände bort huvudet därför att vämjelsen annars skulle ha kvävt mig. Fast hon träffat mig över så lång tid har hon inte förstått att man aldrig får bemäktiga sig mig. Jag hade kunnat gripa en yxa och hugga hennes huvud itu.

Hon fortsatte obekymrat att pladdra. Hon berättade om en film hon sett som var »dörolig». Jag rös av hennes sätt att uttala r-en. När hon konstaterat att filmen var dörolig sa hon att den var »klart sevärd». Om den var dörolig bör den ha varit sevärd, tänkte jag erbjuda som bidrag till samtalet men orkade inte få orden över läpparna.

Så ville hon prata om böcker. Hon vet att jag läser och nu ville hon ställa sig in hos mig eftersom något skrymsle i henne uppfattat min fjärmade sinnesstämning. Hon sa att det inte skrevs någon skönlitteratur av värde nuförtiden. Som om hon skulle veta det. Själv fick hon gå tillbaka till Ivar Lo för att bli »berörd». Analfabeten var en »läsupplevelse hon aldrig skulle glömma». Situationen tycktes mig bekant. En gång utan att mena något med det hade jag uttalat exakt dessa ord om skönlitteraturen och Ivar Lo. I sin sladdriga desperation hoppades hon att jag skulle mjukna av att höra henne ha samma åsikt. Men hur kunde hon tro att jag inte skulle minnas vad jag själv sagt och se hennes ynklighet? Eller trodde hon att det var sina egna ord hon uttalade?

Ett behov att försvara den samtida litteraturen och förkasta Ivar Lo flammade upp i mig. Men jag teg. Det var ändå ingen idé med henne. Det var också skönt att sitta där med någon som inte hade en aning om vem jag var.

Vi sågs nästa dag igen. Jag tänkte på någon annan medan vi älskade. På arabiskan tänkte jag. Efteråt åt vi fisk och ris. Hon berättade om sin nu vuxna dotters nyuppsatta tapeter, färgen på dem, strukturen. Någon gång under dessa år fick hon en dotter med en redig socionom. Då började jag uppvakta henne intensivare och hon skilde sig från socionomen. Men jag var riksdagsman då, i socialutskottet. Jag arbetade för att alla skulle få det bättre och hade inte tid för den sortens förbindelse hon trodde att jag ställt i utsikt när jag uppvaktade henne. Jag befann mig på en bana snitslad med promemorior upp mot Karlavagnen, i vilken jag en dag skulle färdas över himlens rund och lysa upp dess mörker.

Hon väntade på mig medan hennes dotter växte upp. Hade jag ett ledigt veckoslut sågs vi men jag gjorde klart för henne att vi aldrig kunde ha någon närmare relation än så. Eller kanske gjorde jag det aldrig klart för henne men sådant framgår ändå, och jag ville inte såra henne när hon var så hoppfull. Många glömmer sårandet. Att inte säga det som sårar är för mig en grundläggande princip. Och helt säker kunde jag inte vara på att aldrig behöva henne.

Hon talade om vad det vi åt skulle ha kostat på restaurang. Mycket skulle det ha kostat räknade hon ut.

– Det som blir kvar kan du göra en härlig lunch av. Det är bara att hälla på lite grädde och så värma upp.

Jag bad henne gå. Jag sa att en svensk hade omkommit i ett terroristattentat i Jerusalem och att jag måste in till jobbet och fördöma.

När hon gått satt jag och tänkte på svälten och varför jag varit med om att skriva på en målsättning om att halvera den på tio år. Vilka var det vi skulle rädda och vilka skulle vi låta vara kvar i svält? Jag såg på regnet. Människorna under sina paraplyer var vackra i regnet. De kurade ihop axlarna. Deras hundar skakade på sig. Jag kände kärlek till hundarna och människorna var och en, inte i klump. Det blev till slut en bra dag. Jag var mätt och sedan blev jag sugen och kokade te och åt en chokladboll. Jag försökte tänka på de svältande men de flöt ut till konturlösa figurer, som moln i formationer som förändras med vinden.

Människorna i regnet stretade på. Jag tycker om tanken på att vi stretar på. Det är gott att människor går ur vägen för varandra på gatan, att vi spänner upp ett paraply när det regnar. Att vi står i kö. Välsignade stunder älskar jag oss för att vi gör allt det. Jag kände att jag aldrig mer ville se Ann-Louise eller höra hennes dialekt och det gjorde mig lycklig för en stund.

Fatimas ansikte framträdde för mig. Aldrig har någon älskat mig så. Det var ljuvligt. I mitt liv finns inte utrymme för ljuvligheter.

Men när Ann-Louise inte hörde av sig på flera dagar blev jag rädd att jag försvunnit. Jag ringde henne och bad henne vara hos mig hela helgen. När hon gläfste av glädje ändrade jag det till halva helgen.

Vi sågs i en park. Den var grön och brun. Hon hade handlat matvaror. Från parken åkte vi hem till mig. Jag tänkte mig Ann-Louise som ett träd bredvid mig i bilen, en ful pålitlig tall i en skog av skönaste björk och gran. En tall är som död även när den lever. Jag la handen på hennes bark.

Vid mitt hus såg jag i ögonvrån arabiskan på en bänk. Jag hade inte sett henne på länge och trodde att jag blivit av med henne för gott.

Nu får det vara bra, kände jag.

Nu har hon satt sin sista potatis, tänkte jag.

Bort ur mitt liv ska hon, bestämde jag.

Jag sa åt mina vakter att släppa in henne genom husets port och gav dem ytterligare instruktioner. Min ytterdörr lämnade jag olåst. Vi låg till sängs och Ann-Louise stönade sina vanliga stön. Jag blundade och tänkte att det var mig själv jag älskade med. Då blev det härligt.

När jag slog upp ögonen stod arabiskan i rummet. Ann-Louise skylde sin kropp och sprang. Ut ut i naturen sprang hon. Ut ut till de andra tallarna.

Arabiskan darrade av längtan. Hon får aldrig nog, den här arabiskan, min vackraste spegel. Hennes tunga var blöt, hennes kind het, hon kröp ner hos mig. Jag hjälpte henne av med kläderna. Min hand började treva över platsen där saven stiger.

Sist vi gjorde det var i Washington. Av alla ställen Washington – inte undra på att det var enastående.

Jag tänkte på allt jag ska åstadkomma.

Jag går i min spegelsal. Kastar jag stenen dör vi, alla jag. Jag kommer inte att kasta stenen men jag skulle kunna, för jag bär den alltid på mig. Det känns tryggt att veta.